致所有想要幸福快樂的人。

我的世界一定要有

貓尾捲捲巷

張瑋軒 著

推薦序　碰巧她是一隻會拉小提琴的羊

◎范俊奇

馬來西亞專欄作家，著有台／馬雙版《鏤空與浮雕》與《鏤空與浮雕Ⅱ》，前時尚雜誌主編，現任收費電視台中文部節目宣傳企劃，文章收入《九歌109年度散文選》及《馬華當代散文選》。

瑋軒嗜甜——很快我就証實了這一點。而且她好像特別喜歡黑糖。黑糖雖沒有經過高度精煉，但製作條件更嚴苛，這跟瑋軒行雲流水應對生活的手式，於是就有了一種不言而喻的契合：都優雅，都講究精緻，都藏有某種程度的不肯妥協和不樂意隨便讓步。

而嗜甜的人，熱情開朗，友善溫柔，攤開來的，幾乎都是個性的光明面，對世界也都懷抱著不為人知的友善和包容，恰巧瑋軒身上，幾乎都結合了這些特質，並且粼粼地反映在她的文字當中——因此這本書裡的章章節節，不但可以讀到瑋軒對建構甜美生活是如何大費周章地將最細微的地方做到最極致，也可以發現她創辦《女人迷》，甚至被譽為台灣女性創業典範，努力將女力揮發得淋漓盡致，以致偶爾也禁不住為自己可以與全球企業展開人才培育並推動多元共融文化運動而微微地有點驕傲背後，咦，原來她也會對生活撒撒嬌，原來她也會像個困在戀愛中的少女，需要定時擦拭愛情的高光時刻，好讓自己有一種被愛情耽溺的虛榮，就像她給新書取的名字那樣，《我的世界一定要有貓尾捲捲巷》——所以瑋軒嗜甜的少女感，在書裡的某個段落，還是會出其不意，閃露出讓人會心一笑的端倪。

但我更喜歡的其實是瑋軒的好客。散文好看，很多時候好看在作家願意打開自己的尺度有多少。而瑋軒就好像跟剛認識的朋友，一點機心也沒有，興高采烈地將門大方拉開，把大家請到她家裡去，然後絮絮叨叨，前後有序，坐下來談她十六歲在手術台上醒過來之後的感悟，談她和她先生相依為命的甜蜜，也談她堅持要自己扛起「女人迷」文化願景的執拗，因此我在想，如果一位作家的人生其實就是她終其一生最澎湃的一部創作，那麼瑋軒給自己設定的題材，也未免太豐富了一些。

因此被邀為瑋軒的新書撰文推薦，並且得以優先閱讀她這一本在疫情期間完成，寫得特別快速也寫得特別怡然自在的第三本書，我一路讀開來，書分四卷，每一卷看似獨立，卻環環相扣，引申出不同支線，而不同支線又暗中牽葛交藤，互為主客，組合出瑋軒不同的情緒和面貌——我在閱讀過程最大的收獲，其實就好像領了一張導遊手冊，在遇見她的人之前，先熟悉她雀躍過歡愉過的每一段過去，然後在不同的場景和段落，走走停停，看她眼裡看到的，聽她說她聽到的有關那些歲月在樓板上走動的聲音，每一個細節和每一個句子的相接，都實實在在，刻畫出她花枝春滿的人生。而作為一名女性主義者，瑋軒最溫柔的溫柔，很多時候，都是在剛強與剛強的縫隙當中順手給提煉出來，更何況瑋軒既是媒體人又是作家，該是何等剔透玲瓏的一個女人，因此之於愛，之於不屈服於人生的狡猾與無奈，我記得她說過一句，她和她先生都一直在努力，不會讓「不愛」在他們相愛的世界裡有機可趁，也不會怠慢愈來愈值得敬畏的每一刻依偎和每一寸陪伴——就好像她喜歡烤過的吐司給她陽光普照的時間感，也喜歡母親煮的咖哩總讓她聯想起幸福一直都在的永遠感，讓所謂人生的圓滿，有了更立體的模型和必須依循儀式去奉行。

即便是偶爾下雨了，瑋軒會用她流利自然的文字，疏密有度的語氣和說話節奏，提醒妳如果不撐傘比撐傘讓妳快樂，那就不要拉住自己對自己說不，或許妳可以像瑋軒一樣，善用生活的即興感，取出荷葉圓杯，在雨天給自己煮一杯茶，在對的時間和對的人，用對的格式做對的事，認真地和人生交涉，嫵媚地對生活撒嬌，這樣，其實才是一個讓女人也著迷的女人，其實也才看上去，像座迷宮一樣的迷人。

推薦序　請收下我的愛，繼續潤養你的各種可愛

◎陳冠伶

餅乾友．女人迷天字第一號夥伴

謝謝瑋軒，讓我從這本書的草稿跟到完稿。才知道寫一本書，原來是這樣的驚恐又驚喜，因為隨著故事布局移來移去，我在一旁都忍不住要跟著咦來咦去，咦你那一篇就這樣讓它人間蒸發了嗎，或，欸那一段寫這樣就夠了嗎，結果冷不防地，可能也就過了兩個晚上而已，她又隨即補上更多更好的，瑋軒總是這樣的，擁有滿滿的也樂於給出滿滿的，過去天天朝夕共處時她就是這樣，十年後還是滿滿滿滿的心意與新意，真不簡單。

相較之下，我呢就是一介小婦人，一個偶爾得閒才寫字的婦人，沒有漂亮的學經歷和過人之處，人生至此最刺激，興許只是生了一個孩子，連這篇推薦序都是每天陪小孩上學往返的路上，一字一句在腦中疊砌，才能及時組合起來交予出版社。

認識瑋軒時，正是她創業剛開始。本來約好碰面要談專欄合作，後來相談甚歡，不小心就轉彎成了她的第一位正職夥伴。所以我對她最初的印象就是「這個老闆也太不老闆」，雖說那時團隊的固定班底，包含三位創辦人總共也才五個人，時常忙不過來，可是那時再忙，我們還是天天都能邊忙邊玩、樂成一團；天氣好的日子，就搬去公司旁邊的草地野餐上班；每次下班前，尤其禮拜五必要相隔一個周末才能重逢，我們一定互擁示愛好好道別，不管旁人覺得肉麻浮誇，就是青春濃烈地，與之，相愛相惜。

第一年共事，印象最深一次是，當時要為Womany找到一個正式對應的中文名稱，午間趁其他夥伴先帶一票實習生去進食、辦公室裡好不容易一片寂靜那當下，那裡只有瑋軒同我，我們望著白板上密密麻麻的選項，兩人就是一搭一唱，也沒花上太多時間苦惱掙扎，不過是到現在都忘不了，我們那個一致決定就是「女人迷」的瞬間，兩人四手都起了雞皮，有多激動你可以想見。只是哎，這竟然都十年前的事了嗎！

過去幾年間，又發生了好多好多事，誰能料到我們也會任性傲嬌地分道揚鑣，但感謝一切機運，讓彼此終究回到身邊，還一起從工作那面，漸漸滲透到彼此的生活內面，手牽手走進了熟年，更趨穩定，也更加確定，要成為對方生命裡那一塊鬆軟香甜的存在。就算我們不再是常常見面擁抱的那樣親暱，卻可以每每在線上只用幾個字就懂得彼此的懂得，如果這不是心心相印，什麼才是（我知道你正在嘲笑我說這什麼老派到不行的話），我們就是心靈有匯流有碰撞出火花啊，這是裝不來也假不了的。而你正在看的這本書，我靈魂伴侶張瑋軒寫的第三本書，總算讓我盼到了我平常就在相處的她，終於好好寫下她自己比較俏皮、比較貓咪的那一面。

當書名落定的時候，我也再次想像她筆下的「貓尾捲捲巻」，那裡應該就是一個毛茸茸的大圓環，然後瑋軒平時就是住在這條貓尾巴裡的某一環，每次移動或光是心動，就能轉動可愛的循環，一定是這樣，她才可以一直像書裡（幾乎每一篇）寫的那樣，用她獨特的可愛去愛著世界，再用被愛，回潤自己的可愛。當然，除了令人心生嚮往的天馬行空，我也非常喜歡書裡那些有趣坦率的自白，和各種明暗程度不一的告白，無論是她自己的有感而發還是與人互動，大多細膩且有些深情還有些癡情，看完你會更明白她的理想、能力與魅力，有源源不絕的樂觀、無人能敵的勇氣，以及永遠異想天開的浪漫。這就是我們家瑋軒吶，我認真想跟大家說，這個人和這本書真的都很值得被喜歡。

瑋軒之於我是不可多得的朋友，當初就想如果幫寫序預設至少要五千字起跳，才能略表自己澎湃的心意，但是我兒去上學的路就只有這麼長，你我來日方長，這裡未盡之處，日後再親手一一書寫給你。是說也萬萬沒想到會透過書序，對你公開表白這一些，明明告白又不像瑋軒你那麼在行，但也許我很擅長陪你到老，不嫌棄的話，如果你豌豆公主般的牙齒同意的話，我們一起啃餅乾、當少女到一百歲吧！

你終生的餅乾友，冠伶

目次

卷一

盡食人間煙火味

痛苦和恐懼不能使人忘記身體的饑餓，但是食物可以使人減輕靈魂的痛苦。

——電影《教父》

我記得那一天晚上

完完全全被愛的感覺，是自由又扎實的。

記憶像隻貓，完全不可控。有時候人想忘，偏偏忘不了；有時候想記得，卻可能再也記不得。人類這種生物永遠無法掌握——哪些生命片段、哪些人、哪些曾經是會出現得令人驚愕或是異常美妙，哪段記憶會一直存在或是消失，哪段生命會被記得或被遺忘。

我一直記得那一天晚上。

倫敦念書那年，家人來訪，他們抵達的那天，我特別訂了倫敦最古老的傳統英式餐廳。一家四口人搭著傳統的英式黑色大頭計程車，前往那間在劇院區小巷裡，最金色繁華的地方。

傳統的英式計程車特別大，後座是可以四個人對坐。一個人在倫敦念書的時候，才捨不得搭計程車，不是搭巴士地鐵就是自己漫步。剛上車時，我像是灰姑娘坐上神仙教母為我施展魔法變出的南瓜馬車，身旁都是真愛，眼睛可以閉著，也不怕迷路。雖然身在異鄉，但是抬頭看見爸爸、媽媽、姊姊都在身旁，就有一種，啊，這就是家的感覺。

那晚的姊姊和我都有特地打扮。我看著姊姊覺得她好美，姊姊也誇我總算好看了。爸爸一樣機智幽默但冷靜寡言，媽媽也還是熱情澎湃且嘮嘮叨叨，一會兒講飛機行程辛苦，一會兒講飯店感覺怎麼樣，一會兒問我生活得如何晚上幾點睡早上幾點起床，一會兒說我又駝了背或臉上有什麼過敏紅腫，都是平常聽了我會煩、想皺眉的瑣事絮叨。但不知道為什麼，那一整晚我毫不在意被念東念西，只是覺得幸福。我什麼都不用擔心，他們都在，而我很被愛。

完完全全被愛的感覺，是自由又扎實的。

像是一棵枝葉茂盛扎根很深很深的大樹，部分的自己可以不斷恣意的向上再向上，部分的自己則非常穩固，能被整片大地餵養，有無盡養分支持著。一邊非常緊密安全，另一邊非常自由隨興。於我，那是一種最在愛裡的感覺，絕對的安全，絕對的自由，又密實又不拘。

那天晚餐，我記得一切都很好。好吃，好美，好快樂。那是一家關於英式傳統獵物的餐廳，因為在劇院區，餐廳裡人人都很好看，氣氛也熱鬧。我還記得媽媽說因為時差，她好想睡覺，催促著我們趕快吃。爸爸、姊姊和我，聽完互視而笑，聽著媽媽繼續有點傲嬌地說，下次不要來這種要花很多時間吃飯的地方。

家人聊的天總是這樣。有些話言不及義，有些話總是刻意逞強，有些碎念，有些無聊，有些意義或可能沒什麼意義，但我們都在彼此的旁邊。我們吃著笑著聽著也愛著，因為是一家人，雖然好像沒有選擇似的，但一種對家的想像，我們願意為了彼此這樣坐在一起吃頓飯。

那個晚上，是我記憶裡很被愛的時間。至今仍充滿著奇異的溫暖。在需要的時候，我常常會讓自己回到那一個晚上。

那一個，我們一家人都很幸福快樂的晚上。

我有想要去的地方

有些話太重，說不出口，
只能用真心完成一點什麼，再輕輕地放入你的手中。

辦公室附近有間小小的藍色的咖啡店。我喜歡每天去店裡外帶一杯黑糖卡布。只要推開門，跟店主人B交換一個眼神，一個微笑，她就會為我準備我喜歡的咖啡。後來才知道我在店裡被備注的名字就是「黑糖卡布小姐」。

我是那家店的黑糖卡布小姐，而那家店是我的移動城堡，讓我剛好夠幸福的生活下去。

更多的時候，我需要的不是那杯黑糖卡布，而是在隨時都有變動，每天都很挑戰的生活裡，為自己找到一種固定且恆定的存在。無論世界變成什麼樣，我知道那裡有一家店，有一個店主人，有一杯咖啡，總是能懂我，總是在等我。

其實我是鼓起勇氣才跟店主人B說話的。

B看起來冷冷的，不太說話。後來發現這世界上有一種人就是像B，看似冷冷的，好像自己一個就夠，不需要任何人，但心裡其實特別深情。因為太深情，語言無法表達，就只能用自己做的事，可能是一杯咖啡，一家小店，一首歌，或是一部電影表現自己心底深深處對這個人間的所有溫柔和眷戀。

可能我也是B這樣的人吧，有些話太重，說不出口，只能用真心完成一點什麼，再輕輕地放入你的手中。有一種深情，叫作默默。默默地等，默默地愛，默默地為你點一盞燈，生活黑暗時給你一點光亮可依。

B的店，營業時間也跟一般的咖啡館不一樣。台北城是一個喜歡在下午和夜晚喝咖啡的城市，城內盛行的咖啡店，通常午後才開。但B的店從早上七點半到下午五點，我問B為什麼要開得這麼早？有些時間，很容易讓人直覺聯想起某種浪漫，譬如午夜，譬如傍晚，而早上七點半到下午五點，就是一種沒有辦法帶來任何幻想的時間吧？

「早上起來應該會很想喝咖啡吧。」B面無表情地說。

因為覺得人會想在早上喝咖啡，那就早上開著吧。在一個小小的社區，一個窄窄的巷子裡，有一間小小的店面，這家店根本不需要在浪漫的時間開著，因為它自己本身就是一種浪漫的存在。它是為了自己想要喜歡、等待、期待的人所存在的店。

B的店還有著另一個店主人A的家鄉掠影。A是香港人，所以店裡總隱隱約約的帶著一點香港中環的節奏，又帶著倫敦市場的麵包出爐香。有些人的家鄉總是帶著鄉愁，但是這間藍色小店裡的家鄉掠影，讓人感覺到的不是鄉愁，而是一種「我有想要去」的地方。**我有想要去的地方**。每次走進B的店，我都能感覺到這樣的盼望。

還有一次，我又問B為什麼你的咖啡賣得這麼便宜？她店裡的裝潢和對食物的講究，價格真的可以再更高一點啊。「比起多賺那一點，我更想每個人都能走進來。不要看到這個裝潢就不敢走進來。如果社區裡，有一個這樣的地方，應該會有人覺得滿幸福的吧。」B看著我，有點冷冷地說出這樣暖暖的話。我看著她那冷冷的臉龐，感覺到她的心根本熱呼呼的，覺得她真可愛。

這樣應該會有人能覺得幸福吧。如果每個人都這樣想多好。

這樣才有價值

好茶，就是要讓喜歡的人喝。
好茶，就該好好地喝，毋需捨不得。

我喜歡喝茶，晚上避免太多咖啡因，所以每到夜裡我都會慶幸有普洱可喝。

與普洱的緣分，是跟著媽媽總去的迪化街中藥行開始的。當時看到中藥店裡擺了茶桌，我好奇打聽著迪化街哪兒有賣普洱茶？畢竟第一次接觸，也是人生地不熟，怕被騙也擔心自己什麼都不知道，老闆一聽到我想喝，直接翻箱倒櫃找出來的。

「這個茶應該不錯，拿去喝吧。」

「要給你多少？」媽媽問。

「我只喝凍頂烏龍，普洱對我只是浪費，不如給你女兒。」老闆豪爽地說。

我在旁邊聽了感覺有些尷尬，只是想問哪裡可以買，怎麼就這樣給了一大盒。「早知道就不問了。」我其實有些後悔。媽媽看我似乎有些彆扭，開朗地說：「我跟老闆十幾年的交情，拿了！」老闆緊接著端了一杯正沏好的凍頂烏龍給我灑脫的說：「對，不要客氣。」

但我總有一種無功不受祿的愧疚感。回家特別查了價格，發現是塊價值快十萬的老茶餅，我趕緊聯繫媽媽，這太貴了還是退回去吧，不然不管怎麼樣都得付錢吧。媽媽在電話那頭笑了笑，說哎呀這麼好的茶，老闆會很高興的。我說不行不行，快點還他吧，這個茶太貴，老闆會後悔的，媽媽卻一副胸有成竹地說老闆會很高興的。奈不過我，我們又去了趟中藥行，沒想到老闆聽到後直說：「太好了，這是好茶，沒給我丟臉，千萬別還我，好茶就要讓喜歡的人喝，這個茶才有價值。」我說我沒那麼懂普洱，才剛剛要開始而已，真的喝不起，別糟蹋了這茶。「沒有什麼喝不喝得起，這個茶遇到你，你就喝！這是你跟這個茶的緣分。」中藥店老闆豪邁又慷慨地說。

媽媽了解我的尷尬。一口喝了老闆桌上的凍頂烏龍，又對我說，你就放心喝吧，我們認識十幾年了，「我是他最好的客人。從不殺價，老闆想銷什麼，我都會盡量捧場，偶而也幫他帶個便當，有什麼好吃的也會給他們一家都準備。這個茶，他放著也是浪費，他要給你，你就好好喝。真的喝好了，有好喝，再跟老闆說謝謝。」

那可是價值快十萬的茶餅，我就這樣拿著喝，真的可以嗎？我看著老闆真摯又開心的樣子，決定放下心裡的最後一點忐忑。真的退還不了。好吧，不如就大大方方地喝，用最恭敬的方式。

第一次喝普洱，就遇到可遇不可求的老茶餅，我確實是懷著敬意的。學著拿著茶刀撬開剝落一塊老茶，細揉開來讓老茶醒醒，投茶、衝調、聞香、一泡一泡的細品。完全沒因為那個價格就供著那茶，而是恭恭敬敬認認真真地喝了。

每次喝普洱，我常常想起走進中藥店的那天。老闆聽我想要開始喝普洱，就翻箱倒櫃地找出那塊老茶餅，熱情地把茶餅塞進我手裡的那股勁。耳旁還有老闆和媽媽聊天的聲音。也想著媽媽總是對我說做人啊，要做一個好老闆，也要做個好客人。遇到好茶，不要捨不得，一定要好好地喝著。

商道亦是報恩道，每一個交易的背後，交換的不是金錢，而是信任與尊重。做生意，就像交朋友，誠實、互相、不貪營小利、斤斤計較、偷工減料。做客人亦然，將心比心，也得互相，謙卑感恩。我跟媽媽學到一個做客人的道理：用最大的敬重面對所有用心的店主人。付錢的人不是老大，而是要感謝這世界上竟然有這樣的人能給自己想要、需要的東西。哪怕，就是轉角麵攤的那一碗麵，我吃了，覺得好吃，都會大方說出感謝。我會恭敬地對老闆說：「哎呦太好吃了。」每次被我稱讚了，麵店老闆的臉總會突然間有點紅，但眼裡卻也充滿了一種難以言喻的驕傲感。老闆看著我的眼神也總會多點親暱感，像是為自己的女兒下廚一樣。

就像那塊普洱老茶餅啊。老闆與媽媽在意的，不是那個茶餅值多少錢，而是這個茶餅真正的價值——好東西，就讓我覺得重要的人嘗嘗、試試。你喜歡最重要，你有喝才有意思。

老茶的滋味，確實一絕。但讓那茶更甘甜的是一個老闆和客人間的彼此疼愛，是人與人之間的珍重和慷慨。

好茶，就是要讓喜歡的人喝。好茶，就該好好地喝，毋需捨不得。

能讓珍重的人好好喝的茶，才是好茶。

現在正好

這個時代怎麼還會有人願意煮這樣的粥？

我很愛喝粥。特別是那種港式煲粥，高湯煨煮小火煲熬到生米粒都煮成米花的那種。

這世界不只我愛喝粥，袁枚在《隨園食單》也為了粥細細給過定義：「見水不見米，非粥也；見米不見水，非粥也。必使水米融洽，柔膩如一，而後謂之粥。」在中醫的維度裡，粥特別養生養氣，每當我感到身體或心情虛弱的時候，都會想來一碗煲粥。細順柔滑的米粥順著口津滑入腸胃，滋養自己任何的虛弱疲憊，彷彿春風潛入夜潤物細無聲似的療癒安慰。滿滿的一口，便能身心獲得滿足，全身毛細孔都被暖暖地熨過一樣。粥，真的很是溫柔，好像這個世界已經夠多紛擾，捨不得人再多花費一絲力氣咀嚼；粥，像是能被吞食的小月光，張口嚥下，身體就能感受到某種靜靜亮亮。

吃總是與回憶同在。回想食物的時候，也總是會想起當時重要的人。在我目前的年歲裡，有三碗讓我記憶猶新的粥。第一碗，是在倫敦念研究所那年，某半夜突然急性腸胃炎，一個人在深夜宿舍裡吐了二十來回，隔天好友Y知道後，立刻幫我熬的一大鍋白粥。我病懨懨地躺在床上，她直接幫我舀了一碗放在桌上說：「如果還要，我明天再幫你煮。」Y的廚藝一般，但那碗白粥在我的記憶裡總是特別香甜好吃。那鍋粥讓我從此認定Y是一位摯友。

第二碗，是台北一間小餐館老闆G的港式煲粥。某天我精疲力盡到說不出一句話來，大概是工作上有些不順利或煩心吧，總之那時候的我，什麼話都不想說，把所有感覺都麻痺起來，不知道自己想吃什麼，老闆G看著像是殭屍的我，難得主動地用他帶著香港的口音問我：「今天有粥，要嗎？」我沒有力氣回答只能點點頭。不久，一碗葡式紅土湯碗盛著手作肉丸皮蛋老火粥端上桌，我低頭吃了一口，兩口，三口，忍不住感動到落了淚。先生問：「怎麼了？」我說：「這個時代怎麼還會有人願意煮這樣的粥？」那是一個人對自己工作的最大致敬和投入吧。不管有沒有人懂，我就是得為你熬出這樣的老火粥，不為別人，只為自己的榮譽和驕傲而煮著，我一口一口地吃著，像是一口一口地補充我對工作的勇氣和信心。

第三碗粥，是先生為我熬的紅豆蓮子粥。白天我才剛提到秋天正是吃紅豆的季節，嘴饞著說好想喝紅豆湯啊。傍晚時分，就看見泡著水的紅豆們。我好玩地逗弄了一下紅豆，先生連忙說還要再泡一陣子，再等一下。泡足了時間，下了鍋用大火滾沸，再加入遠方家人從產地特別寄來的白河蓮子，小火再煮。家裡漸漸瀰漫著紅豆那種獨有軟綿綿甜蜜蜜的暗香，那是一種會擁抱人的味道。我忍不住說想吃了，先生說別急，再一下。打開鍋蓋，湯水滾滾，暗香湧湧，他試了一口，加了手製黑糖，再試一口，再加上一些蜂蜜。我坐在桌邊，像個小寶寶一樣，假裝敲打著桌面說我想吃我想吃。

「我想吃！」

「再一下。」

須臾，他為我端來一碗，他說：「現在溫度正好。」不知道為什麼，我反而愣了一下。是啊，吃粥講究火候，講究溫度，講究時間，講究狀態，那個「等一下」、那句「現在正好」，不正是對生命的一種提醒？

不管熬什麼，到了「現在正好」的那一刻，才會是一切甘美。半點都急不得。

當然，先生的紅豆蓮子粥確實好吃。那是一鍋甜蜜，也是一種平凡卻又深情的生活注解。就像《浮生六記》裡寫的沈復和陳芸：「閒時與你立黃昏，灶前笑問粥可溫。」生活中有閒時，和你一起看看夕陽，我們的廚房裡還有鍋粥可以溫熱來吃呢。兩個人的生活，幸福就是這樣。

日子就是一年四季，一天三餐，時時刻刻都能是現在正好啊。

清晨六點半的媽媽

不管天涯海角，媽媽一定會幫你找到最好的醫生。

「他能像媽媽這樣的愛你嗎？」那是當我對媽媽說我可能要結婚時，媽媽問我的第一句話。

媽媽問了這句話，第一時間我在心裡懟著：「這是什麼問題啊？怎麼可能會有一個人比我的媽媽還愛我？」有什麼感情能與親情相比？但那時候我胡亂地回答是「可能可以吧」，媽媽聽著就放心了。

一個問得很擔心，一個只想讓另一個人不要再擔心。現在想想這樣的問題與答案實在都很荒唐，但是媽媽就是想要這樣問，而我也只能這樣不負責任地回答。

一直到後來，我與先生的相處，確實有好幾次能感受到某種深深的安全感與完完全全被愛的時候，媽媽的那句話就會浮出我心裡，我才知道，哎呀，原來這就是「一種能像媽媽這樣愛」的感覺啊。

我在鬧，他在笑。我在耍賴，他感覺到的是我在撒嬌。我有什麼不安，他直接就給我個擁抱。就是那種，世界好像離我們倆非常的遙遠，無論外在世界發生了什麼事，我們兩個人都能共享一條臍帶互相滋養，為彼此補充對方所需要的感覺。

很完全的那種愛。

十六歲那年，我被診斷出先天性心臟疾病，心脈薄弱，食不下嚥，醫生說我甚至營養不良。那時滴雞精不像現在一樣到處都是，外頭根本沒賣。媽媽聽了老一輩人的建議，用老母雞為我熬煮滴雞精。每天，家裡的廚房總有一個大蒸爐，裡頭有一隻老母雞，一滴一滴的累積著小小幾杯養氣補心的滴雞精。在我最虛弱的時候，一隻雞只能滴出一杯最濃縮的。好一陣子，廚房裡的蒸爐從未熄過火。

清早時辰進補特別好，但那時的我都還貪睡著，所以媽媽總是在全家人都還熟睡時，自己躡手躡腳地起床，為我熱上一碗。不想我喝膩，偶而配著蔘片，偶而佐上黃耆。她總是輕悄悄地走到我床邊，小聲地喚起我喝完，可能我根本也還未醒。我總是閉著眼睛喝，喝完再繼續軟綿綿地睡去。

我這樣喝著自家熬煮滴雞精的生活持續了快一千天吧。媽媽像是和死神拔河一樣，一點一點地把我那副孱弱的身體拉回這個世界。從毫無氣力，連呼吸都感覺困難，什麼東西都吃不下去，到能跑、能跳、能感覺到活著真好的現在，我知道，那是媽媽把我從死神那（或上帝的手裡）一寸一寸地摳扯回來的。

長大後聽著某次媽媽念著：「我那時候真害怕啊，我害怕你就這樣沒了。」我才感受到那時候的媽媽，原來也是害怕的啊？原來媽媽真的會怕我就這樣沒了？而她又不能讓我知道，原來那時候，她也會怕。

「不管天涯海角，媽媽一定會幫你找到最好的醫生。」那是十六歲第一次聽到醫生對我說手術有多少生存機率時，媽媽牽著我的手走出醫院，對我說的第一句話。我記得我在媽媽的面前笑笑地說我才不怕呢，直到半夜一個人躺在床上，我才敢哭出聲來。

其實我也害怕她知道我會怕。

現在的我，喝到滴雞精時，總是會想起媽媽，也常想起泰戈爾的詩：「當黑雲發出隆隆聲打著雷，我喜歡在我心裡害怕時能靠著你。」每次當我覺得自己虛弱時，總會想起那些能靠著媽媽的日子。

那些冬日還冷，日頭未起的日子，廚房裡的鍋爐總是熱的，我的眼睛都還是閉著的，那碗溫度剛剛好，不太冷不太熱，讓我可以一飲而盡的滴雞精。這幾年滴雞精的市場大好，大家都買著市售的滴雞精，愈來愈少人自己熬煮了，我也老早就學會自己拿個鍋子加熱就好。但是每次加熱、每次在喝的時候，真的每一次、每一口，我都會想起我的十六歲，與而後那兩三年的每日清晨。每天早上六點半，總有一雙手輕輕地摸過我的額頭，我眼睛總是貪懶地閉著。

「他能像媽媽那樣愛你嗎？」媽媽這樣問我。親愛的媽媽，沒有人的愛能夠真的像你。媽媽永遠無法被任何人任何事取代。但是幸好，我遇到的那個人啊，可能也是有在盡量的，盡力的，盡他所能的，跟你一樣的，用他的方式極力的在愛我。在我害怕的時候，我能靠著。

我比較不會害怕了。媽媽，你呢？

我的琥珀咖啡

我想好好喜歡現在自己所處的時代，
而且我決定要為它做點什麼。

我很喜歡咖啡館。總覺得每個咖啡館都有自己的一個哲學觀和小宇宙，每家店主人都有自己對待世界的角度和方式。

日本銀座的琥珀咖啡（Cafe de L'ambre），日本第一家「只賣咖啡」的咖啡館，開業於一九四八年，是我心裡頭的咖啡聖殿。

琥珀咖啡的門口很不起眼，一推開玻璃門，彷彿搭上電影《午夜巴黎》裡的那輛標緻古董車，回到那段美好又老派的黃金時代。或者該說，琥珀咖啡給了我那樣的氛圍，帶著我回到對一九六〇年代的想像——那個自由與紀律、守舊與革命、頹圮與華麗相併相生，無比豐富矛盾又複雜的時代。

小小十幾坪的空間，琥珀裡的氣味摻雜著咖啡老豆、老菸裊裊和濕潤的木頭味。遊客與在地人幾乎是一半一半的。有一半的人著急把店裡所有招牌都點過一輪，點咖啡、拍照、拍照，喝了幾口、讚美幾句，拍照、拍照、再拍照，然後可能咖啡都還沒喝完就旋風似地離開。還有另一半的人，慢悠悠地喝著，喝了幾口，對著店主人或服務員們咕噥咕噥，再喝幾口，一杯咖啡像是可以喝三年那樣。店裡半旅客半在地人、半新半舊的光景，半慢半快的節奏，讓琥珀咖啡就像處在某個奇幻世界的入口。

一半的世界是現代，那裡的速度很快。但還有一半的世界，時間在那裡很慢，恰好滿足某種人們對黃金年代的懷念和緬想。而我剛好就在中間，久久慢慢地坐在琥珀咖啡裡，像一個旁觀者局外人，看著新舊之間的畫面與對話交疊融合著。又當下又放空地，我在這裡，又好像不在這裡，我在一段時空間隙中。不讓自己只是旅客，而我也不是真的在地的人，我就在兩個時代和世界中遊走著。

我以為最好的生活，就是生活總有那些美好的習以為常，也總有無數令人驚歎的新奇發現，無論在哪裡，我喜歡讓自己在旅客與在地人之間的身分徘徊。在地人能對那些的日常美好，用一種最習以為常的方式生活著。而旅客的感官總是最刺激發達，任何小事都能激起每個細胞感官，都能像是登陸月球一樣的驚喜連連。

每次我用自己那彆腳的日文，偷偷聽著旁邊的老銀座人說著老銀座的故事，聽著隔壁的上海客人說哎呀這裡多特別在別的地方都找不到，也總有些洛杉磯來的外國人高聲討論著，現在全球知名的藍瓶咖啡的崛起，就是因為創辦人來了這裡，獲得對咖啡的啟發。每一桌都有自己為什麼而來的故事，就像每一杯咖啡都有自己的故鄉。

我自是慕名而往，當我抵達，我便為此地一眼傾心融化。很幸運，第一次拜訪，就有機緣坐在吧台旁，那是最好的位置。親眼目睹咖啡主人怎麼「煮」著咖啡，非泡非沖，而是真的「煮」。一把一把的手製銅鍋，一台不屬於現在的斷電冰箱，一張一張法藍絲絨布的咖啡濾網，咖啡主人不斷地親手把最滾燙的水，用自己幾十年來鍛鍊的與咖啡共處的身體律動感現煮著，整身都充滿韻律的，他的眼、鼻、耳、手都被熱透的蒸氣浸潤得紅到不能再紅了。我看得痴迷不已，像是在看一齣碧娜・鮑許的現代舞，一杯杯的咖啡都是用身體的節奏和靈魂的投入煮出來的。

那是多熱的蒸氣，那是多滾燙的水，那是多冰的凝乳。哎，那也是多香的咖啡啊。琥珀裡的咖啡是會跳舞的，被舞著煮出來，咖啡口感也在舌尖上舞著。那樣的烹煮方式，在在複述琥珀咖啡創辦人當時的創新和現在的堅持。

關口一郎開創了日本第一家只賣咖啡的店，開創了自己的磨豆哲學與咖啡宇宙，而他的開創在五十年後仍然獲得繼承。琥珀咖啡在彼時是最創新的咖啡館，但在此時，卻是最有繼承和傳統堅持的。琥珀咖啡，就是站在這樣一個特別奇幻的位置——它最新也最舊，它乘載最多在地人的日日記憶，也享有最多外來旅客的時時朝拜。

我在琥珀咖啡裡，看著現在的咖啡店主人林不二彥，看著那些最新與最舊，想著第一代主人日本咖啡大師關口一郎，感受到我從未生逢其時卻時常念想著的那個六〇年代。那是一個口服避孕藥批准上市、人類登月的年代，那也是切．格瓦拉與馬丁路德〈我有一個夢想〉的時代。

或許就用一九六二年由湯姆．海登起草《休倫港宣言》中的第一句和最後一句話，作為琥珀咖啡給我的靈感吧：

「我們是這個時代的人……正忐忑不安地注視著我們所繼承的世界。」

「此份表達我們信念與分析的文件，作為二十世紀後期理解和改變人類狀況的一種努力，它植根於這樣一個古老的、至今尚未實現的設想——**人類獲得左右自己生活環境的力量**。」

每次想到六〇年代，我總會想到這段話。六〇年代是人類史上非常浪漫的十年。那十年，人類完成很多精神思想與科學技術的革命。許多偉大的人們，從習以為常中找到讓人惴惴不安的隱藏問題，並且不放棄地創造與堅持改變。而現在的我們呢？目標登上火星的人類們，我們又該怎麼注視我們繼承的世界？

再想想，其實每個年代，之於未來的某時，也都可能會是那個最美好最不可思議的黃金年代吧。現在的我們，誰知道會不會是在二一五三年時，所有人都最著迷懷念的時候呢？現在，之於未來，可能就是最好的時代。

當一杯被全世界咖啡饕客奉為傳奇，一杯放在當時最創新、現在最傳統的琥珀咖啡，被放在香檳杯裡，端上我的面前，我像是回到了我懷念的黃金六〇年代，喝了一口後，我再回到現在。

我想好好喜歡現在自己所處的時代，而且我決定要為它做點什麼。或許我們有機會繼承六〇年代讓無數人感動的那句話——人類能獲得左右自己生活環境的力量。

我們能擁有的，也只有現在。

My cup of tea

我對一杯茶的關注，就是我對宇宙的關注。

「奶茶要先加奶，還是要先加茶？」與「今天天氣如何？」這兩個問句，是可以跟任何一個英國人開啟對話的起手式。

英國人獨特生活態度就是——「天氣」和「茶該怎麼喝」是一樣的重要。這兩個題目看起來有點大不列顛式的無聊幽默，但我很喜歡。總覺得，怎麼對待天氣就是自己怎麼對待外在世界。而茶該怎麼喝，就是某種內在世界的呈現。

這可是大哉問。

很多人低估奶茶的重要性。但我認為奶茶可是件民族大事。這個社會怎麼喝奶茶，怎麼對待奶茶，就能看出這個社會的個性和欲望。

美國的奶茶就是甜，好像在資本主義之下糖怎麼灑都不用錢的甜。韓國的奶茶不論味道，造型外貌絕對好看，怎麼拍都能是社群網絡上的最佳鏡頭。蒙古草原的奶茶粗獷灑脫，自帶豪爽和寬闊。印度的奶茶很多元，每家都有自己的獨家香料配方，唯一不變的就是那股熱辣辣和各家傳承。而台灣的奶茶，反應著台灣特有的「加法哲學」，總是要加一加二加三甚至更多更多，加了珍珠再來點芋圓甚至再來顆布丁。有時候我站在手搖飲店的櫃檯前，想著究竟是人們對奶茶只是奶茶不夠自信，所以要不斷地加加加加加，或者這就是台灣豐富的創造能力？可能都有一點吧。有點不自信，其實很有創意，這是不是確實有點反映台灣這個社會？

而英國呢？奶茶可是大學問。奶茶之爭不僅是大不列顛民族幽默感的最佳體現，更是人生的重要選擇之一。奶茶要先加奶還是要加茶，光從這件事，就能劃定一個人的階級、文化、教養、習慣與財經地位，反應了這個人「如何選擇」。「如何選擇」可是不得了的問題。

英國小說家喬治・歐威爾（George Orwell）在一九四六年時，甚至發表一篇文章〈一杯好茶〉（A Nice Cup of Tea），誠懇地呼籲眾人泡茶時應該「先倒紅茶，再加牛奶」。

他的語氣，好像那是這世界上最重要的事情一樣。泡茶步驟的拆解分析，好比要組裝一架火箭的細節和流程。「茶是重要文明形式的存在。」喬治・歐威爾鄭重地宣布，就像哥倫布發現新大陸，聲明新大陸是地球世界觀重要存在一樣。

他還分享了十一個泡出好茶的原則要點，我虔誠地讀了，覺得喬治（忍不住用暱稱喚他）實在是可愛得無可救藥啊。我喜歡他那種「對自己作為一個愛喝茶的泡茶人」的自豪感——我這麼愛喝茶，哎呀，我得好好研究它，我這麼熱愛這件事，我非得為它做點什麼不可。

我喜歡為自己喜愛的大費周章，小心翼翼，為自己創造屬於它的所有。別人是別人，這可是我的。就像海明威說的：「我為我喜愛的東西大費周章，所以我才能快樂如斯。」這大概是我活著或是我活過的一種證據吧。我真的存在過。

因為喬治實在很可愛有趣，偶而我會想，如果我跟他是同代人，聊起茶，我們可能可以是朋友？我們可能每天都在討論人們該怎麼煮茶吧。喔，當然我一定也會跟他進行著他不該厭女的各種討論！（如果他願意也相信跟一個女性進行有關哲學與世界的思辨。）如果我們是朋友，或許喬治・歐威爾的世界會有些不一樣吧，他可能會發現這個世界比他想像的更豐富快樂一點。

總之，讀著〈一杯好茶〉，我想像著喬治．歐威爾跟我會有的對話：

喬治：首先，要使用印度或是錫蘭的茶葉。中國茶獨特的魅力流傳至今——它很經濟、不用加奶就能喝——但是卻少了一些振奮精神的作用。喝了之後很難讓人感到更有想法、更勇敢或是更樂觀一些。當我們在安慰別人時說「喝杯茶吧」的時候，往往指的是印度茶。

我：喔，親愛的喬治，你真是太狹隘了！千萬別一股腦打翻一壺茶。我自己也會在生活狀況不同的時候，選擇不同的茶喝，不同的茶能反應不同的狀態，或是給我們不同的撫慰或刺激。我承認，更多時候，中式茶，似乎帶給人更多的是沉著和安靜的氣氛，但是你喝過東方美人嗎？那可是讓英國女王都讚歎的味道呢。我總覺得東方美人的香氣很性感，是那種能喚醒深層欲望的味道。台灣的烏龍，可是我的寫作良伴，是很能刺激思想的。

喬治：其次，茶葉量不可多，也就是說得用茶壺泡茶。用大缸煮出來的茶淡而無味，而用汽鍋燒出來的行軍茶有一股子炊火氣。茶壺最好是瓷的或是陶的。銀茶壺或是大不列顛茶壺略遜一籌，搪瓷的就更糟糕了；另外現在十分少見的錫鑞茶壺也是不錯的選擇。

我：我不能否認用什麼茶壺和茶杯都跟如何泡出一杯好茶有很大的關係。但是你知道嗎？關於茶啊，「水」才最是重要的關鍵呢。你知道好喝的茶，最好要用軟軟的水。好喝的茶和人生一樣，都是愈軟愈好，愈鬆軟愈甘甜。喬治，你知道英國的水其實不夠好啊，太硬了！

喬治：泡茶前要先溫壺。最好將茶壺放在爐具上加熱，而不是僅僅用熱水沖一下壺身。

我：真的要講究的話，其實是連杯子也要溫的。喬治，你說，這世界有多少人，是真的準備好要大費周章地喝一杯茶？

喬治：茶要濃！一夸脫容量的茶壺，如果要注滿熱水至壺口沿，就得放滿滿六茶匙的茶葉。我堅持認為一杯濃香的好茶比喝二十杯淡茶美妙得多。所有真正的愛茶人都喜歡濃茶！

我：喬治！這真是英雄所見略同啊！哎～～～你別說女人就不能是英雄喔。千萬不要認為女人就不懂茶，會說這種話的人，太愚蠢了。我相信你不是愚蠢的人。

喬治：不要用茶包，也不要使用茶濾和茶袋泡茶。讓熱水沖泡茶葉，使茶葉能繞著茶壺內壁打轉。如果茶葉不能在水中充分地展開，那就泡不出好茶來。

我：我懂，喬治。能夠讓茶葉舒張開的茶確實不一樣，不過你知道錫蘭那邊的紅茶，有些非常好的紅茶其實就是要細細碎碎的，不是所有的好茶都非得是葉狀的。

你啊，會不會覺得這世界就只能有一種標準答案啊？（難怪你走後百年總有人批評你的厭女情結。）只有一種喝茶的方式？我是覺得喝茶是挺個人的事情，人人都能有自己的方法才對，這個世界應該要有更多可能才有趣。而且現在的人類啊，這麼忙碌的生活，茶包還是有它的必要之處。偷偷跟你說，用茶包的時候，我喜歡在最後用個小茶匙微微擠壓茶包一下。擠壓茶包的時候不是用壓力，而是用一種愉悅的期待感，輕輕地碰一下，就像你正在摸貓的鼻子一樣，稍微壓一下，那會為那杯茶帶來一點幸福感的滋味。

喬治：還有！要把茶壺拿到開水壺邊等待被沖泡，而不是把開水壺拿到茶壺邊去沖泡茶葉，因為這樣才能用剛剛滾開的水來沖茶。

我：哎，喬治啊，你是我第一個遇到也會在意熱水壺和茶壺相對位置的人啊。你重視的是水剛滾好的那一刻，而我喜歡把茶壺放在熱水的左邊，一定要是左邊，那樣最好。

喬治：而且應該用好的早餐杯（圓柱形的大杯子）來喝茶，而不是用淺而小的杯子來喝茶。

我：哈哈，我真的想邀你一起喝杯茶。喬治！我跟你說！我也是一個非常在意用什麼杯子喝什麼飲料的人呢。從小到大，好多人都會笑罵這什麼怪癖，但我想，你一定懂！對吧？什麼杯子該喝什麼，都有自己最適合的那種。你知道嗎，我還有一個荷葉圓杯，那是專門在下雨天用的杯子，後來我才知道蘇東坡好像也有荷葉杯呢！你知道蘇東坡是誰嗎？他也是我很喜歡，覺得可以是朋友的人呢，下次我再跟你說說他的故事！

喬治：那你知道，茶泡好以後要攪拌或者搖動一下茶壺，然後靜置一會兒嗎？

我：我同意，等待永遠是讓一杯茶更好喝的訣竅。

喬治：我不用再強調了，茶最好搭配的是低脂奶。過濃的奶味會讓茶出現奇怪的味道。

我：這我倒有點不同意你。我親愛的喬治，我認為濃的牛奶適合冬天。什麼季節都有自己適合的牛奶（笑），如果你真的要認真煮奶茶的話。

喬治：那至少，先倒紅茶，再加牛奶。只有這樣你才能控制要加多少的奶量，這個程序絕對不能反！

我：噢～～～～～～～～～～～～這是毋庸置疑絕對當然的。

喬治：最後一點，茶──除非你喝俄式的──不應該加糖。我很清楚在這點上我屬於少數派。但是我仍要指出，你把糖加入茶中，會破壞了其原有的風味。這樣做的話，你怎麼還好意思說自己是愛茶人呢？如果可以加糖，那加辣椒粉或是鹽也都可以啦。茶本來就是先苦而後甘，就如同啤酒應當帶點苦味一樣。如果你把茶變甜，那你就不是在喝茶而是在吃糖了，要知道，把糖融解在熱開水中也可以得到相似的味道。

我：哈哈，要不要加糖，這可能是法國人和美國人會進行的辯論。喬治，我親愛的喬治，我跟你一樣，我不加糖的。

我想，喬治和我可能會是坐在一個露天花園裡，進行這樣與茶的對話，然後像是朋友一樣，一起喝杯茶。

如果用女性主義者的角度來看喬治．歐威爾的所有作品，很難不批判他的厭女症狀。說真的，可能現在我們所知道的很多導演、作家、藝術家，鮮少有不厭女或完全沒問題的。但每個時代都有自己盤根錯節的脈絡和問題，與其直接否認他的所有，或一味譴責自己怎麼可以喜歡他，我更希望有機會跟他一起喝杯茶，好好聊聊。或許他只是不知道。或許當我們能夠開放的聊聊，他能看到的世界從此會不一樣。

反正「有什麼煩惱，就先來一杯茶吧。」英國人常常這樣說。

當然到底該怎麼喝茶，這件事真的很重要。光是先倒奶還是先倒茶，在英國就能掀起一場科學家VS文學家的戰爭。當你以為有喬治．歐威爾這樣的名人總算能為這個問題拍板產生結論的時候，在二〇〇三年（對，這還不是那種傳說中的很久很久以前呢），英國皇家化學學會（Royal Society of Chemistry），還特別針對如何泡出一杯完美的茶（How to Make a Perfect Cup of Tea）做了各式「化學研究」，最後由安德魯．斯特普利博士（Dr. Andrew Stapley）提出，泡紅茶時應該「先加牛奶」（milk in first）的結論——當然這個結論，引來無數英國人抗議此項研究「不夠科學」。在英國，至少有一半的人會這樣定義自己——I'm a tea first, milk second person. 英國衛報當時對這份報告，報導的第一句話就是——這項研究成果，恐怕會讓一半以上的英國人宣布這會是一場戰爭！

我總覺得這事很幽默，整個民族都為生活中的這個小事大費周章呢（笑）。

除了科學家、文學家各持一詞各有發現，很多人不知道的是——近代「統計學」這個學科，也是從「怎麼喝茶」開始的。

美國統計學博士薩爾斯伯格在《女士品茶：統計學如何變革了科學和生活》[1]這本書中仔細記載了統計學的濫觴：一九二〇年代，英國牛津大學的一群研究員們，舉辦了一場下午茶，因為其中有位女士堅持喝茶的順序，為了要證明這位女士的堅持是否為真，這群研究員展開一系列有關統計的實驗。這個實驗後來在一九三五年，被當時主導實驗的統計學家費雪（Sir R. A. Fisher）寫成《實驗設計》[2]一書。這些實驗原型和方法，成為二十世紀前半所有科學領域實驗革命的重要推手，費雪也因此被尊稱為「統計學之父」。

怎麼喝茶，成就了統計學。不過那位「喝茶的女士」，卻沒有在歷史上留下她的名字。和許多偉大而且重要的女人一樣，雖然很重要，但她的名字卻不見了。

說不定（而且很有可能真的是這樣）當時那群研究員還會在心裡埋怨著，這個堅持該怎麼喝茶的女人可真是麻煩啊。但幸好有那個沒有留下名字的女士的堅持，不然現在的我們，可能沒有當代統計學和改變時代演進的科學實驗革命。

當然或許沒有她，還會有其他推動歷史演進的可能，但終究有個被遺忘名姓的女子曾經推動了什麼。歷史就是這樣，很多時候，很多重要的人，被埋沒也被忘記了。

歷史很宏觀，但是很多改變歷史軌跡的都來自日常生活中常被忽略的微觀。歷史的大段落都是從每一天人類的生活中，持續累積演化推進的。然後有一天爆發了，出現了，發生了，而人類還以為那是突然，但所有的一切發生，其實從未突然。

沒有突然的。我只要想到這點，總會對自己的現在更珍惜，也更敬畏自己每一個微小的前進和決定。每一天都是累積演化和推進啊。

有點說遠了，不過喝茶就是有這樣的魅力啊！所有的一切，所有的對話，都可以從一杯茶開始。

台灣人在打招呼的時候常常說「食飽未」、「來啉茶」，翻譯成白話文就是——「我關心你一下，然後我們來聊天吧。」每次喝茶，每次煮茶，想到英國那種舉國同歡（或同仇敵愾——你說你到底是先加奶還是先加茶？）的討論，想到台灣人彼此問候的那句「來啉茶」，我心裡總是會某種小歡喜，哎呀，我不是這世界上唯一一個那麼在意「茶」的人。我真是一點都不寂寞啊。

我有自己對於一杯完美之茶的專屬方法，那是我的my cup of tea。

My cup of tea.

哎呀，光是這個片語，也能帶給我無比怦然的快樂。直白來說就是「我的菜」，就是「我喜歡的」任何事情。

我真的很在意該怎麼煮茶喝茶，我喜歡創造屬於自己的獨特方法，我喜歡煞費心思。哎，喬治懂啊。我對一杯茶的關注，就是我對宇宙的關注。可以用自己喜歡的方式，把一杯自己想喝的茶大費周章的準備好，這種感覺很好。

喔，對了，我是堅持要先放茶後放奶的那一派。

跟英國伊莉莎白女王一樣。

也跟那個推動近代統計學實驗的被遺忘名姓的女子一樣。

還有，其實，我也喜歡純奶燉煮大濃茶毫無開水的那種，尤其在冬天的時候。

有一派人完全不能接受這種煮法，但管他的，那可是我的茶。

我的。

1 | The Lady Tasting Tea: How Statistics Revolutionized Science in the Twentieth Century

2 | The Design of Experiments

歌舞伎町的那間拉麵店

沒有人知道，今天過後，這一次的再見，會不會就是永別。

在疫情與後疫情的時空裡，旅行成為一種遙不可及，看著各國的疫情新聞，我常常會為那個隱身在歌舞伎町的利しり拉麵有些擔心。擔心這家小小的店撐不過疫情怎麼辦？這個擔心是很私密的，擔心如果自己最愛的拉麵店消失了該怎麼辦？喜歡的口味不見了，人生會有個很重要的部分再也找不回來。

雖然人生就是這樣，不斷地相遇，不斷地道別，很多東西不斷地消失。但我總是會在心裡頭偷偷地許願，讓那些美好的相遇再久一點，如果每場相遇都是久別重逢，那可不可以讓相處再長一些。

小時候，要吃上一碗利しり拉麵，總要排很長的隊伍。只是隨著我愈長愈大，這家店愈來愈老，排隊的人卻愈來愈少。其實它的滋味一直都特別的好，那可是一九七七年就開始的味道啊，只可惜一家獨立老店終究不敵各種派系大型連鎖摩登現代的拉麵店。

連鎖的拉麵店多強壯年輕啊。一踏入就有大聲的いらっしゃいませ歡迎光臨，菜單像是麥當勞一樣的快速、簡單，有各種組合的效率選擇。那樣的拉麵店，讓人感受到健身房裡那些閃亮亮的肌肉，有著挺拔的線條，微微蹭出的汗水。大塊的叉燒，滿滿的配料，特製的大碗公，再配上設計過的制服和燈光，一下就能感覺到某種帶有征服感的青春和振奮。

可是利しり拉麵從來沒有這樣的青春肌肉。在充滿誘惑的歌舞伎町，它像是暗夜中一盞幾乎快要熄滅的燈籠。一家店裡只有四個人，一個負責拉麵的老師傅，一個負責炒飯的老二廚，一個負責洗碗的老大叔，一個負責點菜收拾的女服務生。菜單看起來很普通沮喪，有些菜沒供應了，就被簡單地劃掉。

利しり拉麵，是爸爸帶著我們一家人去的。第一次去日本，白天都不用大腦，跟著旅行團行進就好，晚上忘記幾點後才是「自由」時間。旅行中的某天，爸爸突然說：「走，帶你們去吃拉麵。」那是我第一次聽到「拉麵」這個名字，我不知道那是什麼，想著反正跟著爸爸就對了。只記得那時候坐了很久的地鐵，我什麼都聽不懂，媽媽、姊姊與我跟隨爸爸走啊走的，我們牽著手，走在燈火通明歌舞伎町的路上，沿路都是一些美麗俊俏的少年和女孩。長大後，我才知道歌舞伎町原來通常是日本大人不想讓小孩走進去的地方。可能也是一種幸運吧，從小，我的家庭不會因為這是大人的世界，就不讓我進入。所以有些事情我知道得太早，也有些事情幸好我很早就知道。

但現在的利しり拉麵，好像是已經被眾人遺忘的一家店，那些排隊的人潮到哪去了呢？每次有機會走進去，我都會擔心這一次口味會不會變了？還會好吃嗎？但是每一次，老師傅端出的每一碗麵、每一盤炒飯，真的都還是一如繼往令人感動的好吃。以至於我之後每一次去，都會刻意放慢速度，真的不知道這次會不會就是最後一次。如果老師傅走了呢？如果老二廚不想做了呢？如果真的沒生意了呢？如果真的消失了呢？每一次再去，吃著這世界上最好吃的拉麵，我一邊覺得非常幸福，卻也一邊覺得很是忐忑。如果這次真的是最後一次了呢？

可能我都是懷著「這可能就是最後一次了」的心情，所以也才會每次都覺得特別的好吃吧。

會不會其實「最後一次」才是人生所有的真相？

沒有人知道，今天過後，這一次的再見，會不會就是永別。人生有一種遺憾，就是沒來得及好好說再見。最困難的，就是人與人之間該如何恰當的結束？如何結束，在生活中很重要。因為只有好好的結束，我們才能好好地放手。否則我們的心裡就會裝滿那些應該說，卻不曾說出口的話，我們的心會因為悔恨遺憾而顯得沉重難過。有時候人生最難的，就是找到最恰當的時間點，走到那個人面前把話說出口。

再見很難，但沒有好好說再見是一定會後悔的。

後來每次去，我都會用彆腳的日文很努力地對老師傅說：我從小就來這裡，我好喜歡這裡啊，你的拉麵真的是全宇宙最好吃的拉麵，這裡有我跟自己的家人非常美好的記憶，我很感謝你。

「啊，真的是超級超級超級的好吃啊。」我總是內心澎湃地這樣對他說，然後依依不捨帶著一點擔心和忐忑地離開。

我有幫你留下來

我有關心的人在那裡。
那裡也有會把我放在心上的人了。

我喜歡傳統市場。每次踏入市場，就好像進入一碗巨大的羅宋湯世界裡，氣味芬芳，韻味十足，在那湯裡，我像是提味的現磨黑胡椒，走到哪，哪裡就特別有滋有味。看著剛採擷的大南瓜，剛捕獲的生蠔魚蝦，看著現切的家禽肉品，交織著各種香料、不知名蔬果的氣味。傳統市場很混亂很失序很多吆喝聲，但總會讓我有活著的感覺。

像我這樣喜歡傳統市場的人，因為工作，還是得學會去超級市場。與市場那種混雜各種土壤或海洋的氣味不同，超級市場總是冰涼乾淨的，食物都被包在乾淨的塑膠膜裡，好像沒有任何細菌、氣味、溫度，有一種非常專業，恰巧落在八度到十二度的冷藏味道，給人的體感就是涼涼、專業但疏離的。超市確實方便，也讓人感覺更為清潔，但我總有一種說不上來對於市場的眷戀。

幾年前很想念在倫敦市集裡的起司探險，隨意站在一個攤位前，起司作坊的主人便大塊大塊的分享各種自家製口味。想在台北找找，發現好像只有在冷冷的超市裡，才能買到各種起司。我必須鼓起勇氣，才能站在那個大型玻璃冰櫃前。面對各種不認識的起司和生火腿們，我感覺到自己的緊張忐忑，深怕被櫃員發現自己什麼都不會，什麼都不懂，任何起司的名字都不會念，只能胡亂地用手指比劃著說那個左邊右邊上面下面。

我總有點很緊張的在那裡買著，不知道過了多久，某日，遇到火腿先生。火腿先生戴一個黑框眼鏡，身型消瘦，不太多話，有點像戴著眼鏡的工藤新一，他在手切火腿的時候，彷彿那是全世界最重要的事。我在旁邊看著，都能感覺他眼神和掌心持刀裡的投入和專注。那天回家，吃到火腿先生的手切火腿，我在心裡讚歎這真的非同小可。我跟先生說我下次去，我一定要對火腿先生說，他真的太棒了。先生幾乎有點驚恐地說：「不要吧，這樣太奇怪了，沒有人會記得你買了什麼，你會嚇到別人。」

對我來說，好吃的生火腿，除了部位和月分以外，最重要的就是薄度了。真正上好的手切火腿，愈薄愈好，最好薄如蟬翼，生火腿的香味會在舌尖像煙花一樣迸發開來。但是薄的生火腿有點可遇不可求，大概是因為大部分的人不太在意火腿的厚薄度。

下次又去超市，剛好火腿先生在櫃。湧起一股衝動，不知道哪裡來的勇氣，我直咚咚地跑到他的面前，忍不住對他說：「你的刀工真的太棒了。太感謝你了。」那真的是我此生吃過最好吃的生火腿，比巴黎麗池酒店裡的都還好吃。

可能我的眼裡滿滿的都是熱切和佩服吧，他嘩的一下臉全紅了。

這樣的感謝，可能也有點像是突然的告白吧。

其實話剛講完，我自己也臉紅到想逃走，畢竟那個人在那冷冷的超市裡看起來是如此的冷漠，我也太突然了吧。但我總覺得有些話不說出來，對方永遠都不會知道。而且他確實帶給我一種巨大的幸福，讓我忍不住對他做一次真摯的感謝告白。

那個幸福不只是來自對於食物的理想實現，而是他對這件事情的專注和敬重，刀起刀落之間，沒有對自己專業的崇敬之心，做不到那樣有如蟬翼的薄度的。看到有人對自己的工作如此專注敬重，會讓我感到幸福。

話落一陣尷尬，我正要轉身潛逃，他抬起頭來，雖然有點訝異，但我還是捕捉到他眼神那一絲自豪和被理解的快樂。他很冷靜地說：「我的目標就是跟國外那些侍肉師一樣。我一直都有在練習要切得比他們還薄。」

在那瞬間，我完完全全地感受著他的驕傲和努力。同時間，我也忍不住一起替他驕傲著。

對自己正在做的事情有自豪感，有理想的追求，有努力的實踐，有敬畏心的崇敬，再加上有理解和支持的人，還有比這樣更像是活著的活著嗎？

後來在那個櫃位我也認識了其他人。還有一位非常可愛的起司女孩。她長得很像戴著眼鏡的不二家Peko醬，是一個一見到就會讓人忍不住微笑的甜甜系女生。某天她似乎完全看透了我站在櫥窗前的緊張，熱情地推薦我各式各樣的起司，為我切了各種她喜歡的，再透過我的各種反應回饋，猜測我可能喜歡的。認識起司，很像是一種跟味蕾交往的過程，不試試，是不會知道的。得嚐嚐，舌頭才會告訴你，你喜歡的。很多答案，只有身體才會知道。

試試試，因為她，我突然在琳瑯滿目的起司櫃裡開始有了自己的最喜歡。

有了自己的最喜歡，這是一種屬於「我的」味道，我有了屬於自己的喜歡啊，我終於對這件事有了我自己的看法啊。就像在一個未知的世界裡，找到了自己的位置。能夠在各種維度的宇宙裡，有了屬於自己的偏好，有了自己的喜歡，我始終覺得這是一件很浪漫的事，好像有了自己活著的痕跡，發現自己生命運行的軌道，建立了屬於自己的暗語。

而後不管我有沒有要買起司和火腿，只要他們在，我都會打聲招呼。某一天，火腿先生抬起頭看著我揮揮手，幾乎還帶有一絲超市裡的獨有冷感說：「你喜歡的那個部位，我有幫你留下來。你要嗎？」

「我有幫你留下來。」

冷冷的超市，瞬間好像放了一陣煙火，溫暖燦爛了起來。從此以後，那間超級市場之於我有了不同的意義，那個櫃位再也不是一個櫃位，而是一個我會投入一點感情的地方。有時太久沒去超市，我甚至也會偷偷地想著，哎呀他們會不會想我了呢？我偶而也會擔心，我會不會太久沒去了呢？因為我確實在某些生活的瞬間也會想起他們。很久不見，也會掛念。真情真意的。

我有關心的人在那裡。那裡也有會把我放在心上的人了。

對於「這世界上多了我可以關心也剛好有點關心我的人」這件事，我感到無比的感謝和幸福。

而且他們都知道我最喜歡什麼呢。

我有餅乾友

當一個人鬆鬆的時候，總是比較可愛的。

我猜餅乾友有點像村上春樹。如果問他人生有煩惱該怎麼辦？村上春樹會說：「養貓就好了。」我的餅乾友大概會說：「吃片餅乾就好了。」

餅乾友，顧名思義就是每個月會交換餅乾的朋友。我的餅乾友，讓我定期的在心裡有一塊鬆鬆甜甜的溫柔。

當一個人鬆鬆的時候，總是比較可愛的。

餅乾友，是一個孩子的媽媽，但在我心裡，她永遠都是那個十九歲的少女。而我在她面前大概是停在十七歲。在彼此面前，我們可以永遠長不大，也永遠都自以為是的以為自己已經很長大。我們會直接跟對方說「我超級討厭你這樣」或是不斷跟對方告白「我真喜歡你」，也能一起咕咕噥噥著世界的各種莫名其妙。她是人妻人母，而我自以為日理萬機千忙萬忙，但我們在彼此面前，就是鬆鬆軟軟甜甜的，彼此之間就是少女，只是少女。

她曾經買過一種日本網友票選第一名的餅乾，只有一盒，她就讓給我吃。我沒對她說，我之前買到限量只有一盒的那種，我也是把那盒給她，自己不留。交換餅乾也是交換愛的一種。

把最好的那個給你，是這世界上一種最真切的深情對待。因為我愛你，所以要把全世界最好最好最好的都給你。

餅乾大概是這世界上其中一種最可愛的食物了。或許因為餅乾裡面有大量的糖、鹽和奶油，總是讓我想到「你是我麵包上面的奶油」或是李爾王小女兒說的「我愛你，就像愛鹽一樣，不多不少」。一種最樸實、最必須、最不可或缺的愛。

生活是苦痛磨難離別傷感多，但我與餅乾友最喜歡的，就是讓自己在生活中要有讓自己怦然心動的小時刻，那種時時刻刻都要擁有戀愛感的生命風格。一種可以無時無刻發出「天啊，到處都是星星」[3]的生活情趣。

我們都是平凡人，但我們都深愛著生活裡的人，我們對所有事情都有自己叛逆的較勁與認真。但我們如此熱愛讓生活充滿可愛，餅乾當然也要每月存在。

3—電影《2010太空漫遊》

你想要黑糖冬瓜吐司嗎？

因為我喜歡，所以我想跟你分享。

對我來說，「吐司」是一種很親密的食物。

吐司不像肉桂捲一樣的甜蜜，不像可頌般的華麗，比波蘿麵包和燒餅油條簡單許多，吐司是麵包最簡單的一種樣態，最最簡單，可是最最親密。

我吃吐司是一定要烤的。

一份剛從烤箱出爐烤得剛剛好的吐司，表皮是金黃色有點微酥焦香的，咬進口裡又是柔軟充滿水分的。再加上一塊厚厚肥肥的奶油，讓它懶洋洋地融化在吐司上頭，奶油一寸一寸地沁入吐司內裡。吐司是一種兼具陽光和時間感的食物。

以前在倫敦念書，想要省餐費去看戲的時候，三餐就用吐司果腹，也還是挺幸福的。畢竟吐司可以跟任何東西搭配，我喜歡這樣的生活即興。

喜歡我的朋友大概都知道我愛吃吐司的癖好。前陣子，好友D傳訊給我說：「你要生吐司嗎？」我沒有即時回，沒多久她又傳來「沒等到你回，我先幫你買了。」「幫你買了兩種，原味跟黑糖冬瓜的。」那時候的「生吐司」特別熱門，買個吐司都要排很長的隊。我喜歡吃，喜歡食物，但是我不喜歡排隊，更別提為還沒有吃過的食物排隊，好像要和一個從未相處過的人盲目約會，時間有點太浪費。

我喜歡說走就走，要吃就吃的即興快意人生。我也願意為自己熱愛的，花上一段時間。譬如我會為了一鍋牛尾湯花上二十六個小時，我也可以用一年來醃一罐梅子，更嚮往著用十八年釀一甕女兒紅。但要為自己不熟識的排隊，就不是我的風格。

又剛好認識一個專門做生吐司生意的朋友，對我說——生吐司的意思就是「生吃就很好吃的吐司」，那時我聽他解釋，更覺得我對生吐司一點渴望都沒有。因為我吃吐司就是要烤起來，不管生吐司有多高級多高貴多珍稀，對我來說，只有最簡單的烤吐司才是我的吐司。

但看到D特別送來的禮物，「生吐司」從此有了不同的地位。

太幸福了。我竟然有在買吐司時會想念起我的朋友。吐司是一種很親密的食物啊。是一天之初，用雙唇第一口碰觸的濕軟。那是讓人一天飽足的開始。一起床，一睜眼，就會看到的，入口的，飽足的。這是多麼親密的存在啊？D的那則訊息和特別送來的吐司，就這樣打中我心裡深深處的柔柔軟軟處。

每次想到黑糖冬瓜味的吐司，聽到生吐司，幸福的感覺總是會忍不住滲出我的皮膚。我就像是在冬天裡吃得飽飽微瞇著眼呼嚕呼嚕的肥胖貓兒，而愛著我的朋友D，三不五時用她的愛，輕輕地磨蹭又餵養著我，就算我沒有來得及回覆，她是這樣霸道又可愛的，為我一口氣買下兩條口味的吐司。怕你不喜歡，所以為你再多做一點。因為我喜歡，所以我想跟你分享。

一種霸道溫柔又理所當然的親愛。

無論自己可以這樣的去愛，或是這樣的被愛。放膽地——肆無忌憚地霸道溫柔又理所當然地愛，大概是一件很幸福的事情吧。

像這樣被放在心上的時刻，就會讓我記得很久很久。如果人類一生的記憶，充滿的都是這種親愛的珍愛的被愛的去愛的，該有多好啊。

永遠感的咖哩

我願為君烹茶煮酒洗手做羹湯，願君喜樂長歲又安康。

有一種食物，只要出現，就會讓人覺得安慰。咖哩就是這樣的存在。無論在哪裡，無論什麼時間，都能讓人感受到療癒和家的力量。

是因為媽媽吧。從小到大，我與媽媽對於食物總會心有靈犀。常常在學校想像著晚餐有什麼的時候，每次想什麼，一回家，就發現餐桌上出現自己想吃的。這大概是一種臍帶串起的血脈之源。

媽媽的咖哩其實就是佛蒙特咖哩塊調味而成，很多店家、很多人家裡的咖哩都是這樣製成的。但不知道為什麼，好像自己媽媽煮的東西，就是會多了那麼一點媽媽獨有的風味，多了一點碎碎念的嘮叨，多了一些你該如何如何的壓力，也多了一點媽媽會一直在這裡的「永遠感」。就像風箏的線一樣，無論風箏飛得多高，那條細細綿綿長的線永遠都在。咖哩對我來說，就是這樣擁有永遠感的食物。

永遠感。

永遠，就能帶來某種安全感。每次當我覺得需要一點安全感，需要一點母親的力量，需要一點家的感覺的時候，我就會想吃咖哩飯。

可能太愛咖哩飯了，我的第一道親手料理，就是從咖哩開始的。從愛吃的人到愛煮的人，一切發展得順理成章，一切有其根源。我喜歡在料理過程中建立自己的飲食哲學觀，有關口味、產地和時令節氣的理解應對。色香味，都在口味裡頭；產地履歷，對食物溯本追源，像探險一樣的探索食物產地和環境脈絡；而時令節氣，是把自己活在時間的節奏裡。挖掘節氣環境，透過食物重新鏈接人與自然的關係，也是我尋根和認識世界的過程。

咖哩，最早發源自印度。「咖哩」原本的意思是把許多香料混合在一起煮，不單指一種醬料口味。不同的家庭，就會有自己不同的香料比例煮法，家家戶戶都會有屬於自己的咖哩口味傳承。而後咖哩流傳到不同地區，也有不同地區的傳承和習慣，如泰式咖哩必加椰奶，多了份順滑椰香，郁而不濃；而日本咖哩則融合了和風洋食的作法，喜歡用奶油更顯咖哩的濃郁，加入巧克力塊增加深邃甜味，或來點新鮮蘋果增加水果香氣，比起南亞原產地，日本的咖哩更顯法式洋派。

我的咖哩總是跟節氣有關。譬如處在大暑節氣裡，氣候酷熱，至盛的陽熱之氣，偶而讓人心煩氣躁，除了可食用性涼的仙草退退火，讓人精氣神都好些。也可再吃點香料，除了刺激盛夏難免消減的食欲，也有健脾開胃之效，更能祛濕熱、退肝火。所以每逢大暑，我便喜歡煮一鍋咖哩，吃完便覺神清氣爽心曠神怡。

配合大暑節氣，還可以多點香料比例，我喜歡Garam masala（印地語：गरम मसाला），這是一種偏向北印度，由多種辛香料磨成粉末混合而成的總和性香料。這些香料沒有什麼固定的比例，每家每戶都可以有自己的傳家祕方，裡頭比較常見的材料包含胡椒、丁香、柴桂、肉豆蔻、黑孜然、孜然、肉桂、小豆蔻、花椒、芫荽籽等等。這種香料的特質是雖然辛香濃郁但不過分刺激，是一種溫和的香料組合。這樣的香料，可以讓身體有點發熱、微微出汗，正好能祛除體內濕熱，不燥不悍。

除了紅蘿蔔、洋蔥、大蒜、馬鈴薯和香料，咖哩裡的肉品，我也喜歡微微煎過，讓肉依然保持可口彈性，但咖哩又能多添一點焦香的神祕香氣。

料理除了準備食材、拿捏口味，更多時候更像是——我想在「這個時候」給我親愛的人（們）「什麼」（What I want to offer for my loved one(s) at this moment?）。

如果只有自己一個人，我也會想，現在我要給自己什麼。每一道料理，都不只是讓人果腹，而是祝福，是當下的禮物，是一個又一個的祈禱祝願。

我願為君烹茶煮酒洗手做羹湯，願君喜樂長歲又安康。

所以我自己親手煮的料理，味道從來沒有辦法一樣。都是當下的反應和願望，每一鍋一生只有一次的機會，再好吃我都沒有辦法複製，永遠的即興料理。跟媽媽那種永遠感的咖哩不一樣。

但媽媽煮的，跟我煮的，都很好吃。

或許這是一種屬於「母親」的魔法？能永遠的，愛著。

卷二

在此我愛你，連我的靈魂也是濕的

現在我鄭重宣布，這座山上所有的東西都是我的，包括你。

——電影《大話西遊》

嘿，你答應我一件事情

我只能墜落——I can do nothing but fall.

曖昧很甜，但說白了，就是越過了線，卻又愛不到位。所以總有點忐忑，有點不安，有點好奇，有點焦慮，有點想要卻不敢說，想要擁抱卻不能靠近。但曖昧很美，甚至最美。

曖昧能讓一切停在一種恰到好處的距離。像是《花樣年華》裡蘇麗珍和周慕雲在窄小忸怩的狹路上和樓梯間時的擦身而過，那個距離剛好能聽見對方呼吸卻聽不見心跳的情緒暗湧。因為曖昧，那個呼吸通常帶著一點彼此的屏息而過。曖昧很潮濕，因為曖昧總是會讓心裡多那一層黏膩滑順的氣息，像是赤著腳走在被海浪打過的沙灘上，不知道什麼時候浪會再來，但腳底下已沾上海水的濕鹹。曖昧很遙遠又很親密，像是被雨打溼白色襯衫的緊貼薄透，赤裸貼膚卻又什麼都看不清楚。就像《愛情不用翻譯》裡第一幕的透明的水蜜桃色底褲，也像電影裡最後一幕兩人在東京街頭，嘴角旁那錯落的一吻，和所有人都聽不見的絮絮耳語。

看著電影知道曖昧很美，但我其實不懂曖昧、不會曖昧，我總是非常直接了當坦率衝動的。直到曾經有個人猝不及防地對我說：

「你答應我一件事情。」

「不要再收回你說的任何話了。」說錯就說錯有什麼大不了，不要一直收回你想說的話。

「不要怕。」

他說完，我的呼吸都停了，大腦額葉完全無法作用，心跳不止。

你答應我好不好？不要怕，想說什麼就說什麼。簡單三句話，就讓我心跳不已無法呼吸的。

我只能墜落——I can do nothing but fall.

他大概無法理解，也永遠不會知道，其實光這三句話，就足以讓我愛上他，在內心的角落裡，開始羅織引申擴大任何可能曖昧的想像。其實我完全理解，他只是要給一個普通朋友一點支持和提醒，不過簡單三句話。但終究，也畢竟，這三句話呼應了我對愛的畢生信仰——在真正的愛裡沒有任何懼怕。愛就是該愛一個人的本來面目。

也是從此之後，我才知道曖昧是什麼。曖昧是一種單向卻非常激情的自我想像。是一種無法控制自己悄然出發的旖旎心念，是一種未到彼處也不在此處、想要靠近靠近再靠近的欲望。

曖昧很屏息，很潮濕，很親密，但曖昧不真實，而且遙遠。

曖昧不益於身心康健，但是曖昧很美，甚至最美。

你是我的全新宇宙

我好喜歡你。

羅蘭・巴特說過，在愛情面前，每個人都會開始退化，退化成孩子一樣。能夠在愛的人面前變得像個孩子，是幸福的。在愛情剛剛開始忽明忽暗之際，大部分的時間，我都會退化成孩子，特別笨拙的那種。

遇到了一個人，心裡頭起了漣漪與激動，不確定他對我的感受。於是瞻前顧後，多少次在心裡反覆修飾想說的話。多說一句，好像表現得過於期盼熱切，怕太多；少說一句，他會不會不懂，擔心太少。每一句話都在期待我們的距離可以更近，再近一點。擔心那個人無法感覺到我的激動，又怕他什麼都感覺到了。最後，只能在心裡懊悔嘆息，怎麼自己這麼笨拙呢？連一句話都沒有辦法好好地說。

我好喜歡你。

為什麼我好喜歡你，會讓我變得如此笨拙，而不能讓我變得更聰明呢？我像是一個不會說話的嬰孩，啊咿耶耶地學著怎麼跟你說話，怎麼對你表達，因為好像眼睛一睜開，你就是我的全新宇宙。

一睜眼，看見你，我就像個才剛出生的寶寶啊。

什麼話都不會說，只能咿咿呀呀地表達。

可是大人當久了，會不會人其實應該享受這樣的笨拙？在一個人的面前感覺到自己的退化，自己的無法控制，重新感受到那停不下來，像蝴蝶飛舞的心跳。原來心臟可以跳成這樣子啊？當愛襲來，人力之所能及的只有臣服，只有誠實地跪在愛情面前，坦承自己愛上了。

很笨拙地愛上了，咿咿呀呀地想要學會怎麼說話，想要親親和抱抱。

我想要一隻會拉小提琴的羊

在愛情的世界裡，一切都是可能的。

愛情是一種克制不了的好奇。當你遇見某個人，讓你產生一種偌大的好奇，好奇到想要義無反顧的，跟著他一起跳進某個深不見底的兔子洞裡，看看那個世界是什麼樣子。這就是愛情的開始吧。

好奇你的生活。

好奇你在想什麼啊。

如果再更喜歡一點點，除了那一點衝動和好奇，還會讓人開始想像吧。想像，如果你此時此刻就在我的身邊，你會怎麼看著我，我會怎麼樣對你說話，你看著我的目光會不會是有點寵溺和無可奈何的，我能不能跟你親暱地撒嬌，我能不能像個小孩一樣跟你吵著鬧著哭著笑著，我的影子能不能偷偷地跟你的影子重疊著。

如果愛情有畫面，我喜歡看見兩個人不帶傘的走在下著雨的紐約或巴黎街頭，或是夏卡爾和他的愛人蓓拉正在一起飛的樣子。

電影《Notting Hill》裡面有一段經典對白：

「你喜歡夏卡爾嗎？」

「對啊，我喜歡。他的畫讓人覺得戀愛就該如此。一起擁抱著，飄浮在暗藍色的天空。」

「還有拉小提琴的羊。」

「對！少了拉小提琴的羊，就不夠幸福了。」

那就是愛情啊。

愛情就是有種魔力，讓一切都有可能。

夏卡爾的畫讓人覺得戀愛就該是如此。那麼輕飄飄，那麼流動。因為心愛的那個人出現了，世界就開始奇幻了。一切都像會旋轉一樣，一切都是芬芳一片，一切都像是正在跳舞的。就像某個轉角餐廳裡突然響起一陣爵士樂，或是下著雨，但是剛好他和你都喜歡走在雨裡面。愛情就是恰巧剛好。

愛情是香的，是會飛的，是有想像空間的。有會拉小提琴的羊、綠色的牛、飛翔的小愛神和迷死人的肥貓咪。愛情是好可愛的，讓人忍不住想微笑的。在愛情的世界裡，一切都是可能的。

所以一定要有會拉小提琴的羊，在愛情的世界裡那才是真的。

夏卡爾在自傳裡面寫著：「我只要打開臥室的窗、愛、花，還有藍色的空氣便會隨蓓拉一起進來。她穿著全白或全黑的衣服，有很長一段時間，她似乎飄浮在我的畫布裡引導我的藝術。」愛情，隨著空氣滲透進夏卡爾的畫布。愛情於我，也是這樣無孔不入地滲透進我所有的生活裡。我喜歡我的生活裡有隻會拉小提琴的羊，有會對我說床邊故事的貓，還有隨時突如其來的一場大雨，而那雨中剛好有你。

夏卡爾對蓓拉說：「你明天還來嗎？我想再畫一張，我們可以一起飛。」

我們一起飛。這就是我心目中的愛情。

只此一夜便是餘生

愛的時候，我會感覺到心滿意足吧。

某一個夜裡，女孩提到紀伯倫說：「當愛召喚你的時候，追隨他。當愛和你說話的時候，相信他。」

他看著陷入微微沉思的女孩，問：「你覺得『愛』會跟你說什麼？」

她想想，說出「心滿意足」這四個字。

「愛的時候，我會感覺到心滿意足吧。」

「你呢？」她問。

他看著她說：「會有信任和安全感。」愛的時候，「能感覺到相信。能互相安慰、彼此啟發吧。」

她看著他，他看著她。兩個人的眼睛裡都亮亮的。

聽見愛正在對他們說話。

這個她是我。我走了。

那個他，也離開了。

但是那一夜，我和他都真真確確地感受過愛情在對我們說話。

投契的對話就像一場同步的高潮。像是彼此伸出暖暖小小的舌頭輕輕舔過對方的耳畔與脖間。珠璣話句中，小小一口輕嚙，留下一排淺淺齒印，不是要讓他痛，但想要他記得。嘿，你要記得我，好嗎？輕輕或深深深深的吻，全身縮緊或全然的釋放，或高聲或輕喘著對方的名字說我要。重點是從此之後，你能記得他的聲音，他也記得你的，或至少你能想像出他的，他能想像你的。

某個晚上，曾有一場靈魂同步的對話。

我感受過心滿意足。他感受到互相安慰和彼此啟發。

有時候，愛情不用太長，就這樣一個晚上。

青春的時候都是這樣的，總覺得這世界有七十億人，日子還這麼長，要遇到擁有相同頻率、能推心置腹地講話的人其實沒這麼困難。可以多困難呢？人們總是嗤笑著。

誰知道，有時候只此一夜，便是餘生。

某個人曾經說過的某句話，可能一萬年之後誰都忘不掉。

那個，我想對你說啊

你知道我的喜歡嗎？

這世界上最有勇氣的事情，就是告白了。

告白就像貓咪把肚子翻過來，把自己最敏感脆弱的那一面轉向喜歡的人蹭蹭求求撫摸一樣。

「摸摸我好不好？」貓貓傲嬌地不跟人說，但是心裡是這樣想著。

哎呀，那個，我想對你說啊，用各種方式明示暗示喵喵叫著，希望你明白我的心。

你知道我的喜歡嗎？

你喜歡我的喜歡嗎？

我真的很喜歡你啊。

雙向奔赴的

沒有一個人捨得停在原地，
只能朝著對方奔去。必須跑過去。

第一次看到「雙向奔赴」這個詞，我就很喜歡。

雙向奔赴的愛情，兩個人，一個在東一個在西，剛好看見了對方，便無法自拔地往彼此狂奔而去。一種帶有速度感的靠近，我再也等不了，親愛的，我喜歡上你了，我想更快更快地靠近你。

我剛好是一個只能朝著自己所愛向前奔去的女子。一種完全無法「被追」的人形貓狀生物。我很清楚當我喜歡一個人，就是喜歡了，只能飛蛾撲火地向前愛去。為了你，我眼中的那個人，我可以放下矜持，向你奔去。雖然有點傻，也會氣喘吁吁的，但是我知道你在那裡，我沒辦法停止我的心跳，放慢我的腳步，我真的就是得，必須，往你那裡跑過去。

必須的。

雙向奔赴，是對愛情最好的注解吧。我喜歡你，你也喜歡我，沒有一個人捨得停在原地，只能朝著對方奔去。必須跑過去。

先生與我恰巧就是這樣。我們認識的第一個晚上，就像電影《愛在黎明破曉時》一樣。從晚上七點半的晚餐，到半夜十二點還散步在台北街頭，然後一直走一直走地聊到凌晨。

我們像是要走到哪裡，但其實只是想要彼此靠近。

幾年後，我們聊到初識的那個晚上。他說：「那個晚上我就知道你很喜歡我。」

「所以一切，只是因為你覺得我喜歡你才開始的嗎？」突然之間我有點難為情，有點突如其來的失望，原來愛情的開始僅僅只是我的一廂情願嗎？

他看著我的小情緒，笑著說：「那天晚上我也就很喜歡你了。」「真的就很喜歡你，我也想一直跟你說話。」

我嘟著嘴，還有點惱羞成怒地覺得自己那天對他的喜歡，原來一下下就被看穿。

「一起都很喜歡，很好啊。」我愣了一下，他看著我認真地說，好像再一次的告白。

一起都很喜歡很好啊。

雙向奔赴，一如既往。

這是必須的。

就想說早安

親愛的，早安。

想對你說早安。

很多人的曖昧都是這樣開始的。

有個人可以說早安說晚安。知道有個人會想對自己說早安說晚安。一天的開始和一天的結束都必須是那個人。對我來說，這是很浪漫的事情。

一直以為這樣的浪漫，只有在青春的時候，在戀愛的時候才有可能。沒想到進入婚姻生活好幾年了，很幸運，我還能期待每天的早安與晚安。這是我從未想像過的可能。

從未想像，或者是不敢想像吧。

原來早安可以像是在非洲大草原上曬著太陽的獅子一樣，互相輕囓啃咬著對方的鬃毛與髮膚。那是一種暖暖的，輕輕的，還有點想睡半閉著眼的，帶著太陽氣味的。

每一天起床後，我總喜歡先給他一個深深深深的擁抱。我總是半閉著眼睛蹣跚學步似地跌跌撞撞地走到對方旁邊，像無尾熊般把自己完全交給對方，從背後抱著他或是淪陷進他的懷裡。

有時候我也像是隻剛離窩的雛鳥，還在適應世界的溫度，先生就像是大鳥一樣，用他有力的大翅膀包圍著我。

「這是一種幸福啊。」

每次早晨醒來，被先生團團抱住的時候，我心裡都會浮出這樣的聲音。這是一種幸福啊，太幸福了啊。怎麼可以這麼幸福呢。

真的太幸福了。

不知道為什麼，我總覺得我們的早安，是一種無條件信任的感覺。

就是其實眼睛還沒有張開，但是感覺得到你在。

一直都在。

一直會在。

這個世界的挑戰真的好多，但不管發生什麼，我們都能對彼此說早安，我們可以用有愛的方式度過今天。如果今天其實很糟，糟到甚至有些煎熬，沒關係，我們還有明天呢！明天，又是新的一天。

親愛的，早安。

今天我要給你一個像獅子、無尾熊和大鳥一樣的早安。

我的上一秒很愛你

這一秒，上一秒，還有上上一秒。

我請先生說說幾個愛上我的高光時刻。

他看起來面有難色，我說三個吧，就三個你感覺很愛我的瞬間，在一起這些年，總有些時間點，能讓你覺得你是愛我的？有吧！

他想了一下，然後特別認真地，非常誠懇地望著我說：「這一秒，上一秒，還有上上一秒。」

我愣了一下，感覺耳朵跟臉頰都熱熱的，忍不住問：「為什麼不是上一秒，這一秒，跟下一秒？」

「因為你問我感覺到的啊。」

「所以我只能說我感覺到的。」先生振振有詞的。

不知道為什麼，我感覺這一秒我又愛了他一次。

想給你看看我的動態

他開始動動動，跳跳跳，蹦蹦蹦。

疫情期間，一整天都待在家裡，難免低頭滑滑手機。

先生看著我保持低頭的姿態一陣子，問了我一聲在幹嘛呢。

我說也沒什麼，就看看大家動態吧。說罷，我就繼續滑著，看看關心的人兒發生了什麼。

沒過多久，先生突然站了起來，開始像孩子一樣有點笨拙但快樂地跳起舞來，我非常震驚地抬起頭看著他「怎麼了，你在幹嘛？」他說：「我想給你看看我的動態。」

他開始動動動，跳跳跳，蹦蹦蹦。

怎麼這麼可愛啊！我看著他，笑了，忍不住站起來，一起動著。我們像是兩個笨蛋小孩，亂跳一通，但是我真的感覺到全身每個細胞都好像活過來一樣，活活潑潑動著。

「想給你看看我的動態！」

因爲我們很努力吧

幸福所需的意志，遠超過人們所想。

前幾天與先生在一間常去的餐廳吃飯，吃到一半，經理R君邊收拾邊跟我們說：「在餐飲業這麼久，我真的覺得你們是我看過最甜蜜的一對。」

我和先生甜甜地相視一眼，我笑問：「怎麼說？」「因為你們每次整頓飯都會一直在聊天，不會用手機，而且都有說有笑的。」「你們很像熱戀中的情侶。」我很是得意又心花怒放地轉頭問先生：「你看我們怎麼這麼甜蜜？」

「因為我們都很努力吧！」他說。

什麼？怎麼會是這種答案！

我以為他會說什麼——因為他很愛我，或我們就是很相愛，任何的甜言蜜語放在這裡，不僅合理，而且動人。沒想到他竟然說出的是「因為我們都很努力吧！」

愛一個人需要努力嗎？真正的愛需要努力嗎？

我忍不住反問與我相處是有多累，需要多努力？他幽幽地說要做到一整個晚上我們都不看手機，難道不需要努力嗎？我們要努力抵抗的是被精心設計過讓人上癮的各種社群消息和遊戲，我們要做到一晚上不看的，是一連線就有的各種讓人興奮的刺激，讓人忘我又豐富的萬萬千世界，這當然是需要努力的。

需要很努力啊。他這樣說。

他說完，我想著，好像是啊，還真的是，好像不能說我們不努力。我們兩個其實都挺努力的。只是已經習慣這樣的相處，放下手機，立地成佛地愛著身邊的人。沒發現原來這件事其實困難，我們每天都在違反人性，違反那種享受刺激容易上癮的人性。

感謝那天R君說的話，讓我們突然意識到這份難得。沒有什麼理所當然，也沒什麼天長地久海枯石爛，一切都是選擇，想要一直都有愛，需要兩個人都很努力。

「幸福所需的意志，遠超過人們所想。」[4]能和身邊親愛可愛的人，家人、愛人、朋友、同事夥伴，好好地說說話，好好地四目相望，在這個充滿網路刺激常態連線的世界裡，其實一點都不簡單。

想要好好地一起活在愛裡頭，是需要意志力，要努力的呦。

4—《論幸福》，阿蘭

最美的情話

你我一起，相依為命。

「從此以後，就是我們相依為命了。」先生有一次這樣跟我說。

我看著他的眼睛，裡頭閃著那種無辜小狗真誠坦率地要命的光。

真的要命。

不知道是他的眼神還是話語，就這樣直接碰到我心裡深處最軟的那個地方。

這是我聽過最美的情話。

不是我愛你，不是什麼你有多特別，不是你就是我的唯一，不是什麼我真的想你，也不是什麼我永遠都會很愛你，而是——你我一起，相依為命。

我問他，他最喜歡哪句我曾經與他說過的情話，他說是這句吧：「我想要給你一個溫暖的家。」我說，那可不是情話，是實話。

「可是，」他說著：「相依為命，也不是情話，是實話。」

哎，真的要命。

因爲我想見你

真的想見你，就會出現在你的面前。

剛結婚沒多久，先生因為工作的關係去了美國幾個月。我們每天就是相隔十三個小時，跨海視訊。

「我很想你。」

我們兩個好像沒有別的可以說，幾乎詞窮似的，只能不斷重複這一句。我想你，你想我嗎？我真的想你，我比較想你，你有嗎，我最想，你哪有，我才想，我最想，我也是。

一段時間某天早上醒來，看見他傳來帶著時差的訊息：「我現在在機場，再過十三個小時就回家了。」我看著那個訊息還有點矇，這怎麼可能是真的？

為了四十八小時的相處，會有人願意花二十六個小時這樣來回嗎？

這是電影的情節吧。我真的是傻了。我到機場接他，雖然心中很感動，但第一句說出的話竟然是「你瘋啦」這三個字。

「沒辦法，就是想見你，想回家。」他站在我的面前，笑得沒心沒肺的，緊緊把我擁入懷中。我也緊緊地抱住他，抱住了，都還有點不真實。

愛情就是這樣子的吧。真的想見你，就會出現在你的面前。

我要去大便

這世界有大便，而且很多。

雖然喜歡一個人是沒有什麼理由的，但如果一定要逼我說出一個愛上先生的原因，或許是他的真實吧。

剛認識他沒多久，他為我準備一頓早餐。感覺正浪漫，他突然抬頭對我說一句：「我現在要去大便了。」

呃。

內心衝擊到無語，我故作鎮定地微笑點頭目送他離開。他去了，我留在原地，想著我剛剛到底聽到了什麼？毫不誇張，我從十一歲之後，再也沒有用過「大便」這個詞，作為一個淑女，我確實有各種文雅的詞彙足以形容描述人世間各種情態。我曾經認為這就是一種教養。

但當他說得這麼簡簡單單風度翩翩的時候，我怎麼感覺就算他是說「大便」這兩個字，都還是有種難以言喻的優雅呢？原來滿口文藻不代表就是有教養，真正的教養，不是說什麼，而是怎麼說。

後來我問他那時候到底在想什麼？怎麼突如其來地拋來那句話，任何人都會被嚇到吧？他說：「我有點故意吧。你太像仙女，一塵不染的，我想知道你聽到之後的反應。」這也太奇怪了吧，我嚷著。

「你那時候聽到我說要去大便的表情，還是很優雅。」他的眼睛亮亮地看著我。我心有餘悸地回，你真的嚇到我，他笑著追問：「如果被嚇壞，怎麼還願意跟我在一起？」

「因為人就是這樣的活著。」我也是坦蕩蕩地說。

對吧，人就是這樣的生活啊。生活除了有詩、有歌、有愛、有戀人絮語，也還有苦痛難受和一些大便。我愛上先生的瞬間可能很奇怪，但是我喜歡人很真實地承認，這世界有大便，而且很多。

因爲你很好

至少此時此刻的好，是一種知道我們兩個人都願意努力，兩個人也都還有點長進。

最令人痛苦的婚姻生活是，只過了一天，就知道這一輩子接下來的每一天只能如此了——「但現在，對我來說，任何一天都不可能是嶄新的了。再也不可能喚起我追求一種未知幸福的欲望，而只會延長我的痛苦，直到我沒有力氣忍受為止。」[5]

婚姻如果過成「知道生活是這樣，而接下來就只能一直是這樣」。對我來說，會有點煎熬。結婚，是一種違背人性所以非常難以實現的承諾啊。那個承諾是，無論我怎麼了，無論你怎麼了，我都不會離開你，你也不會離開我，我們會一起生活與共。所以每次婚禮，人人都會感動，人人會覺得偉大，因為許下婚姻誓言的那刻，我們正在違背人性。所以我總覺得婚姻的誓詞確實具有某種神性，那些承諾什麼人可以做到？

但就算拿到婚姻的承諾，或是給過承諾，不代表要讓生活過得重複無味啊！或者，婚姻能幸福的祕訣是，就算許下什麼承諾，人們不要假設婚姻真的可以很久很久。一個人的心可能會變，意外也隨時都會發生。

如果因為結婚了，就隨便了，那早晚有一天，會真的隨便了，一切都會變的。或是某一天誰意外地先走了，留下的那個人只會遺憾，怎麼把難得的每一天過得如此無趣。

說真的，我對自己的婚姻生活原本是不抱任何期待和信心的，我從不信任婚姻「制度」。但有點僥倖的，我與先生的婚姻生活，目前似乎一年比一年更好。雖然不知道這樣的好還能持續多久，但至少此時此刻的好，是一種知道我們兩個人都願意努力，兩個人也都還有點長進。

「我真的覺得現在你對我愈來愈好愈來愈好。」我問先生：「怎麼會這樣？」

他很認真地回答：「我們當時結婚的時候，其實還不是真的很了解對方吧。」

「這是什麼意思？當時是有多不熟！」我心裡想著，這到底是什麼意思？

他直接地說：「跟現在相比，的確是沒有現在了解。」

「所以現在對我愈來愈好是因為？」我不解再問，還糾結著當時結婚的時候是有多不熟？是因為不熟才跟我結婚嗎？

他說：「因為你很好。」

啊？我以為他會說什麼因為我愛你，因為你是我的老婆，因為我就是個好老公，因為這是做老公的責任之類的。我以為他會誇讚自己很棒。我沒料到他說的竟然是「因為你很好。」所以在一起愈久，他對我愈來愈好。原來結婚五年後，他還能看到我的好嗎？

愣了一下，「你也很好。」我笑著親吻著他——「所以我們對對方都愈來愈好愈來愈好。」

「這樣真好。」他邊說邊摟住我。

5 —《追憶似水年華》，普魯斯特

一起看一朵雲

好像一切永遠在偷偷變化著，但也永遠有些東西能夠不變著。

秋分之後，空氣明顯地涼了起來。秋分和春分，是一年之中白天與黑夜幾乎一樣長的日子，春分之後是白天更多了一些，而秋分後則是夜晚長了一點。

夜長了點，空氣就涼了點。

空氣涼了點，人就想多靠近一點。

忍不住喚了先生一起在花園裡吹著風。我靠在他的懷裡，我們一起感受著天氣和風吹過。哎呀那是一朵好胖好胖的雲，我指著雲朵拉著先生一起看著。

我：「那朵雲好像一隻章魚。」

他：「真的欸。欸，也像是一隻老鼠。」

我：「對欸。欸，那朵雲好像一直在膨脹。」「哇，現在像是一隻大象。」

他：「現在像鯨魚。」

我點點頭：「也有點像大頭鳥吧。」

他沉默了幾秒問：「什麼是大頭鳥？」

我：「就是頭很大的鳥啊。」

…………

他：「嗯……滿像的。」

風吹得挺快的，吻著我，吻著他，也吻著天邊的那一朵雲。那朵雲不斷地膨脹又縮小又膨脹，不斷地變化著，我躺在他的懷裡，我們一起看向那朵雲，我跟他說那像什麼，他跟我說他看到的是什麼。每個人可能都是一朵雲，隨時隨刻都會被風吹吻成不同的樣子。這個世界沒有一刻是停止的，一切都是流動的，每個人的一切也是隨時都在改變著。

其實人類必須要理解，感情真的可能會變，婚姻不一定長久，承諾只在說出的那一秒最真實持久。但那天下午，不知道為什麼，我們一起看雲的時候，我心裡有種難以言喻的感動。好像不管宇宙間怎麼物換星移著，風怎麼吹著，不管那朵雲究竟變成了什麼，不管他看到的跟我看到的雲朵形狀是不是一樣，但他會跟我說，他會聽我說。

不管風怎麼吹，好像他與我永遠都在這裡，我能在他懷裡，他會抱著我。我們彼此傾訴，互相聆聽。

好像一切永遠在偷偷變化著，但也永遠有些東西能夠不變著。

作爲我的老公

是種殊榮啊。

寫作時候的我，會進入到一種狀態，煮上一杯茶，耳機戴上，潛心遁入到一個魔幻有羊有貓有太陽和沙丘的世界裡。這時候的先生就會自己一個人做著他的事和我們的家事，偶而當然也會看起來百無聊賴，我偶而會帶著一絲小小的愧疚感問著：「做一個作家的老公，感覺怎麼樣啊？」

他說：「是種殊榮。」胸膛還不自覺地往前挺了一下。

微微一愣，我忍不住哈哈大笑。這就是我的老公啊！會覺得作為我的先生是種殊榮，光是這樣，真的就是性感可愛得要命啊。

是種殊榮啊。

嘿，作為你的妻子，也是喔。

那抹了蜜的月

生活的每一天，我們都很積極地為彼此抹上一點甜蜜。

我很喜歡一個人旅行，但當人生有了伴侶，開始兩人旅行，也有了新的體會。錢鐘書在《圍城》裡有一段很真實的話：「旅行最實驗得出一個人的品行。旅行時最勞頓麻煩，叫人本性畢現……結婚以後的蜜月旅行是次序顛倒的，應該先旅行一個月，一個月舟車僕僕以後，雙方還沒有彼此看破，彼此厭惡，還要維持原來的婚約，這種夫婦保證不會離婚。」

婚後要度蜜月之前，當我第一次意識到原來我竟然要與另一個人形生物，二十四小時的待在一起十幾天，我是很驚恐的。就算熱戀也不會二十四小時都在一起十幾天吧？在疫情之前，就算結婚也不會二十四小時在一起啊！我著實擔心著：會不會很可怕？我會不會完全不能接受？我跟他可以這樣推心置腹毫無停頓的相處，而且還能毫不厭倦嗎？

可能我對婚姻一直抱著戒慎恐懼的心吧。蜜月過完，我才鬆了一口氣，沒問題啊。蜜月裡的每一天，我都感覺到心心相印的，備受重視的，我很喜歡我們的蜜月。

那是結婚幾個月之後，我們趁著農曆年，避開過年除夕要去誰家吃年夜飯的尷尬而選擇的旅行，我一直很感謝先生支持我作為一個女性主義者能用行動實踐著自己信仰的價值觀。我們去的是兩個人都嚮往的義大利，雖然冬天很冷，但我覺得很適合情人旅遊，適合暖呼呼的手拉手廝磨。我們租輛小車，從南到北移動。蜜月對我們來說，不只是旅行，更像是兩個人換個地方在義大利生活。

我們兩個都特別喜歡生活，所以兩個人湊在一起，更像是我們將彼此的生活捧在手心上似地寶貝珍惜。他陪我去我想逛的書店，我陪他去喝一杯難得的酒，我們一起坐在冷風中八度以下，被長得像達文西的路邊畫家畫著我們的畫。

我們從被譽為永恆之城的羅馬開始，那時候我笑著對他說，從永恆之城開始蜜月，也算是一種對愛情的隱喻吧。再經過天空之城、地下之城，那是我用旅行之地送給彼此的愛情符碼，在天願作比翼鳥，在地願為連理枝。再經過山中之城、佛羅倫斯再到威尼斯和米蘭，我們能一起爬過人生的山啊，享受文化富饒之地，再一起感受逐漸要沉沒的，提醒彼此要且走且珍惜。我們去的每一個地方，其實都藏著我想跟他和自己說的話。

蜜月是一種被抹了蜜的時間存在。現在想想，真的非常慶幸，原來我們蜜月的長度不只是那段旅行，生活的每一天，我們都很積極地為彼此抹上一點甜蜜。我依舊喜歡在生活各處為對方藏著暗號，他也仍是那個願意陪我去任何地方的人。

藏著的暗號，即使此時此刻他不能破解，現在我也還不會告訴他。但是如果有一天，如果我比他更早離開這個世界，我也很自私的希望，我比他先離開這個世界，如果有一天我真的先走了，那些隱喻和象徵的存在，或許能讓他還有些念想。

人生就是一趟旅途，蜜月可以很長，倫敦很美，紐約很好，義大利很棒，巴黎更是個浪漫的地方，但如果我們只能停在這裡，只要我與你在一起，其實就很好。然後，如果有一天我先走了，剩你一個在這人生旅途上，我也會替你的每一天抹上一點點甜蜜的暗號。

如果你想，你可以去找。如果你想忘記，沒關係，那就忘掉，你幸福就好。

新年快樂

謝謝此夫，夫復何求。

小時候，看過太多書裡刻畫的愛情，總覺得愛就那樣，要愛得聲嘶力竭，愛得情比金堅，愛得肝腸寸斷。懂事一些後，以為現實的愛就是那樣，愛得嫉妒，愛得自私，愛得窒息。我曾經很愛過，曾經不愛過，也曾經以為自己再也無法再愛過。

是都已經打定主意要一直單身的，沒想到遇到了他。

我人馬，他金牛。一個很急，一個很慢。一個很激情，一個很冷靜。一個很感性，一個很理性。一個總是在笑，一個總是不苟言笑。

其實我們極端的不像。

第一次約會的時候，我說，說說形容你的三個關鍵字吧。他反問：「你在面試嗎？」我笑了笑，堅持問他，沒想到他給我的第一個答案竟然是「很懶」，第二個答案是「愛吃」。我看著他無比認真又清澈的眼神，忍不住笑了出來。我笑著說我也是這樣的人，非常好吃懶做，當時心裡想著這個人對我沒有意思吧。

在我單身的時候，和許多人約過會，每次問到這個題目，幾乎每個人都是想盡辦法想要令我印象深刻（畢竟當時在約會）。我聽過形容自己sophiscated、前瞻的、有肌肉的（？）、善良的、聰明的、赤子之心、涉獵多方的、有國際觀的，甚至有錢的（？），總之是各式各樣優秀張揚的關鍵字。

只有他，獨獨他，偏偏說自己懶和愛吃。

也不知道怎麼的，這樣的人就入了心生了根。

大概是因為我也想要是這樣的人吧。

想要坦坦蕩蕩地說，對，我就是懶又愛吃呢。

我們是如此極端的像。在他身上，我看到了自己嚮往的那份豁達，看到了我的渴望。他給我很大的空間和關愛，讓我找到了我，讓我有機會嘗試著我。

很多人不知道，其實我是認識他之後才學會撒嬌的。原來我可以又獨立又可愛，我可以很聰明也可以什麼都不會，我可以在家突然之間唱起歌又跳著舞，他也會即興地跟著我唱起歌，或開始跟隨我隨意扭動起來。

他喜歡逗我笑，而我總是會笑出聲來。

原本的我和他，都不婚主義的，卻這樣不早不晚地遇上了。不知不覺的相戀、閃婚，然後一晃眼就好幾年。我從小就是一個對愛情很有信心，但是對婚姻不抱希望的人。沒有想過，好幾年後，原來在婚姻的狀態裡，愛情還能存在。時間一直過，我們還能彼此注視與開懷，能相望，能大笑，能聊天，能彼此玩笑，能一起吃飯，能一起煮茶喝酒，能相愛，能牽彼此的手，能睡前親親起床抱抱。

我也喜歡逗他笑，而他也總會笑出聲來。

我把結婚紀念日，定為自己的一年之初。願自己每年都有機會新年很快樂。

謝謝此夫，夫復何求。

卷三

身體是座島嶼，上有生命浪會來襲

一個人可以假裝開心，但聲音就裝不了，仔細一聽就知道了。

——電影《春光乍洩》

你的身體很能支撐你

我就是我的身體，我是下定決心要善待身體的。

比起大腦，我更相信自己的身體。我有一個沒有跟任何人說過的祕密，我確實相信童話故事裡的「真愛之吻」，沒有親吻過，怎麼確定彼此是真的深受吸引？靈魂住在身體裡面，要愛一個人，包括珍愛自己，自己的身體必須要有感覺。

人類第一次認識自己的身體都是從學走路開始吧。

一步一步的，透過自己的腳掌學會怎麼支撐自己，忘記是在哪裡看見的，小時候我們總會覺得時間很長，教室很大，但是一回到小時候的地方，人們才會驚訝地發現怎麼家裡前面那條巷子原來這麼短，原來那個房間比自己想像的小，我們從小就是用自己的整副身體去體驗、度量、認識這個世界。所以當人們長大了，空間就變小了。

我曾經矢志要做職業的游泳選手，當時我最喜歡的一個訓練，就是全身放輕鬆的「慢游」，全身癱軟地漂浮在水上，幾乎像是水母一樣。當時的訓練指令——每次激烈衝刺幾百次之後的最後放鬆，放鬆不是停下來不動，而是要用最慢最慢的方式游過。

慢游是完全不用力的，像是一片水草漂浮在水面上，隨著水浪浮沉。喔，不，我根本像是融化在水裡一樣，我就是水的一部分。那樣的練習，刻意的放慢，讓我重新認識到原來不是「我」在漂浮，而是自己的身體原來可以「就是」水。那是一種關於「水性」的身體練習。後來我了解身體才知道，原來我們的身體可以是任何，我是什麼，我的身體就是什麼。

我是下定決心要善待自己身體的。打太極，練氣功，每天走路，學習瑜伽，我實驗著各方各派有關身體的練習。後來發現，身體想要的很簡單，就是愈少愈好，愈自然愈好。所有的練習，其實都只是要幫助人回到身體的最初，回到自己身體的中心線，纍疊直豎起自己的脊椎中心，就是莊子說的「緣督以為經」。這個「緣」字很巧妙，意思是順著，如何順應著自然就是保養身心的唯一關鍵。

其實保養身心並不難，老子說：「吾言甚易知，甚易行。天下莫能知，莫能行。」其實身體要好，很簡單，早睡早起記得運動，但為什麼大家做不到？老莊專家蔡璧名教授透析了眾生：「當你執迷於外物時，就沒辦法將心身放在生命的最首要位置。」

曾經有幾年，我總是以為自己工作忙碌很少運動，重拾起運動習慣的時候，才發現身體累積好多話要跟我說。真的非常投入地了解自己的身體，練習和養身，才驚覺我再也沒有辦法穿高跟鞋，因為身體的敏感度提高了。曾經我是沒有冷氣就無法思考的人，開始關掉冷氣之後，才發現身體完全具備自己調節溫度的能力。開始每天好好地曬太陽，身體漸漸改變，變得鬆暖，能感覺到身體的愉悅。

身體一直在說話，只是我們願不願意聽，聽不聽得到而已。

大概二十歲吧，第一堂瑜伽課，老師Felina用雀躍的聲音邀請忐忑不安的我，加入已經練習很久的眾人行列中：「等等你就放輕鬆，看看自己能做到哪就到哪。」所有的動作都是新的，所以我的身體覺知也都是新的。

我像是第一次認識自己的身體一樣。非常專注地重新感知每一寸肌肉，意識到肌肉與筋膜間的拉展，感覺到好多的「原來」。原來身體裡面有這麼多空間的存在；原來肌理之中，能這樣的彼此牽引互動；原來脊椎是這麼有彈性和支撐的；原來自己的身體可以是狗、是貓、是橋、是樹；原來可以透過身體向日月致敬，成為山或戰士；原來身體可以全然的模擬為攤屍，也能重回寶寶初生狀。

那一堂課定義了我對瑜伽的所有理解。第一堂課，卻是最重要的一堂。我記得那堂課的最後，老師呼喚我名字的方式，就像某種要喚醒我的魔法，她說：「瑋軒，你知道嗎？你的身體很能支撐你。你的身體都做得到。」我的名字和身體似乎就在那一刻連結起來。我的身體可以支撐我。

身體太不可思議了，它可以是任何自己想要的。我相信所有的哲學問題，都應該跟身體的知覺感官放在一起思考與感受。人類關於這個世界的理解，一切經驗的永恆前提都是從身體開始的。[6]

是什麼樣子的人，就會有什麼樣子的身體。就像法國哲學家梅洛龐蒂說的：「我不是在我的身體面前，我是在我的身體內，或甚至，我就是我的身體。」迷人的身體，一定來自被善待的自己，那是「自在」的身體，自在且優雅的身體。愈了解自己的身體，就會愈了解自己，那是向內探索自己的絕佳機會，因為我就是我的身體，我是下定決心要善待身體的。

下定決心的。

6 — 就算在未來的元宇宙時代，各種AR／VR機制，各種穿戴式裝置目的也在模擬如何刺激大腦神經來揣摩身體的經驗感受，如何透過機械的反饋給予玩家「體感」。

發抖很好喔

不要想著「我不行」，而是想著「我正在抵達」。

剛開始要做瑜伽練習或要進行任何肌力練習的運動，總有一段時期會清晰感覺到自己的肌肉在顫抖。那種顫抖，像是那塊肌肉正用盡一切力量在嘶吼著：「我快不行了。」

每次感覺到自己顫抖時，大腦總會發出「不然還是先停下來，休息一下吧！」嘗試干擾、增加練習阻力的訊息。每當我忍不住想屈服於自己的大腦指令，自己也開始說出「我不行了」的話，V師總是在旁邊鼓勵著：「我看到你的大腿肌肉在發抖了，發抖很好喔。」「你感覺到自己的大腿了吧？」「你的大腿肌肉正在努力中，你不覺得他們很棒嗎？」我還在倒立的姿勢中，聽到V師的話，倒掛著卻笑出聲：「對，很棒。」「我的大腿很棒。」

「那再堅持一下吧。」V師坐在不遠處，笑得沒心沒肺地鼓勵我。

「我真的不行了。」我嚷一句。V師卻回：「你一直想著自己不行了，當然會不行啊。」

「可是我一直在發抖啊！」

「發抖很好啊。代表你的身體到了一個前所未見的地方。」V師如是說。

我忍不住又笑出聲來。繼續發抖著，卻同時感覺到自己的身體幸福又妙不可言地完成和抵達。體驗到什麼是沒有牽掛，忘卻來自大腦的阻力。就算有一些肌肉顫抖和可能的害怕，原來自己還是能不受妨礙，身心合一地實現完全意義上的我。

不要想著「我不行」，而是想著「我正在抵達」。「我完全地屬於我自己」的感覺，帶給我非常不可思議的幸福感。某種無條件的喜悅感。

發抖真好。

抵達真好。

我走故我在

我走過，就是我死去和正在活過。

跟戲劇有關的工作坊總是會有跟「走路」有關的練習，一定會有「遊走」的時間。要做到自然地走路很難。懂的人就懂。要看一個演員到底演得好不好，就看他是怎麼走路的。演得好的演員，可以讓角色透過自己的身體說話和行走，所以厲害的演員，會有人說連背影都有戲，走路就像那個角色行走在那個世界之中。

我很喜歡走路，但也常常忘記怎麼走路。有時候走路，還像坐著的時候脖子還往前伸著。從決定要善待自己的身體，才開始在每次起步之前，練習有意識地走路。

「我」在走路。

有意識地走著路。花點心神觀察自己。體會自己腳掌與腳掌間的重心移轉，手臂與身體之間的互動關係，頭顱與脖子擺放的位置，脊椎和肩膀的線條，手臂隨著走路的節奏搖晃的幅度。走路的方式騙不了人。只要開始走路，就會得到有關自己現狀的一切線索。

當我開始走路，我就再也不是這個世界的旁觀者。而是全身進入到這個世界，用自己的身體、雙足、雙眼在經驗著。走路的姿態，走路時經驗到的風景，走路時，周遭萬物都是一步一步地來到自己面前，我感受到了什麼，就是自己所有心境的反射。

這幾日，天氣正好，我信步在小巷弄內走走，突然之間感受一種難以言喻巨大的幸福感。那是一種純然沒有目的地的自由和快樂，我沒有一定要去的地方，我沒有非做不可的事情，我沒有任何義務和責任，我只是在走著而已。突然我觀察到自己的步伐緩慢如龜步，我能看到每座牆縫之間的小草嫩芽，我邊走邊快樂地笑出聲來。當我愉悅的時候，在走路之間，總是會發現這世界中「頑強」的生命力，頑是很頑皮很有樂趣，強是真的很有力量，我總是能感覺到生命裡的樂趣和力量。走路讓我對自己熱愛的有新的理解，原來我如此熱愛生命，感恩活著，我喜歡生命的頑皮和強壯，我確實是這樣在活著的。

我才知道，當我感覺到真確深切的幸福，我的腳步會自動的放慢，我的視線會變得更加敏銳，我會看見那些匆匆走過就看不見的，我在走路的時候，會有強烈的感覺——我是幸福的。

當然，當我哀傷的時候，我的腳步會不由自主加快，我的視線會是看著地面的，我會避免任何跟過往行人的視覺接觸，我只會看見所有骯髒破敗的畫面。我試過好多次，在路上會看見什麼，其實都只是心境的反射而已。

光是走路，就能讓自己看到有關自己的一切發生。

我開始觀察自己走路的速度，也讓我對時間有了新的理解。我不再只是個貪求快速的人，我發現當我走著，我就是走在時間之中，人類的每一步都是走在自己活著的每秒存在裡。我的狀態是什麼，身體的速度會反映著。就像極地探險家厄淩・卡格說的：「走路，一次一步，可能是愛地球的一種方式，也可以看見自己，讓身體跟靈魂用同樣的速度一起前進。」

人生就是一段旅途，一步一步的，每天都是人類的行走。

我走過，就是我死去和正在活過。

神「說」，要有光就有光

讓自己有光，先從學會怎麼說自己的名字開始。

聖經《創世紀》裡有一句話：「神說要有光，就有了光。」每次讀到那句話，我都有種感動。感動關於「說」的力量，感動於那是一種「相信」的力量。說話一定要說自己相信的事情，這是我畢生的信仰。而我總認為語言是人類在自己有限的生命裡，最有想像力，最深情款款，也最永恆的發明。

語言是如此的匱乏，太多感受無法言喻；但語言又如此豐富，它是人類活著企圖嘗試留下的一切。所有對宇宙萬物心愛的、讚歎的、懼怕的、悲傷的、感動和親愛的，人類企圖向他人表達自己的集體嘗試發明。英國哲學家T．E．赫爾姆說：「語言就本質來說，是一種公眾事物。」語言很親密，但是非常公眾。語言，也是家族、文化、民族裡，一種生動的、能被迭代的儲存記憶與共同表達。

譬如英文就是一種直接的語言。很多人以為那個直接是因為英文是一種邏輯性的語言，我跟著好友L重新學英文時，才發現不只是因為文法的邏輯設定，而是英文發音本身就是一種很感官式的語言。當人要發出V、M、TH的脣齒音，一種要在脣齒舌尖上產生震動的音節，震動會誘發身體反應。從舌尖上的微微震動，發出的LO「V」E，就像是撥動小提琴的弦，一個小小的V能激動心跳的頻率。

L還說英文是一種線性的語言，像是歌。每個字都像海浪，湧起，翻去，湧起，往前，和中文不同。中文是一種塊狀的寫意的語言，每個字都是一個畫面，一字即一景，中文想像空間大，每一個字和詞都是詩情畫意，而英文很直接，脣舌之間的摩擦都是欲望的赤裸表達。

「英文是一個很放鬆的語言，跟中文很不一樣，你不用太用力，讓你的舌頭幫助你。」L說。我嘗試了幾次不得要領，她說那來唱歌吧，你唱歌就知道那是什麼了，我跟著她半信半疑的開始唱著〈Over the Rainbow〉，突然之間竟然感覺到脣間傳來的摩擦顫慄感，那是一種麻麻的，就像被情人輕輕囓吻過一般，讓人從口腔間捲起一陣愉快的顫慄。

我像是重新感覺到自己的嘴脣。

如同到了一個新的地方，總是能特別清晰地感覺到一切不同了。當我能發出脣齒音，感受到自己的脣齒舌尖，我彷彿到了一個新大陸，那是我從未認識的聲音，那是我從未探索過的語言與身體的關係啊！

我像是嬰孩一樣，貪婪地重複地念著這些我想念出的字。喔，原來M這個字這麼有力量啊。啊，難怪是Ｉａ「Ｍ」啊。哇，原來Ｔｈ念出來這麼真摯啊。啊，難怪「Th」ank you 這個字是謝謝你，確實一個詞能抵了千言萬語。

語言是人類的一種集體發明與嘗試，在有限的生命裡共同創造出的永恆。如果你想要真的了解一個人，就與他好好地說上一席話。語言最能暴露出一個人的本質。一個人能理解的詞彙，和他能感知到的世界幾乎是等於的，或至少是他能表達出來的。

我非常喜歡穿梭在各種說文解字，在各種字與字之間探究它的意涵原理故事和引伸演化。每多學會一種語言，就多了一種認識這個世界的方式。不同的文化，就有不同的自己理解世界的方式。

譬如日文中的花明かり，意思是「鮮豔的櫻花燦爛到使黑暗也有點發亮」的意思，乍看到這個字，其實還不能真的理解。直到某年春夜，我在東京深夜見到整片雪白的櫻花，我才真的感受到什麼是櫻花特有的光亮。真的見到，就更明白日本人為什麼這麼愛櫻花之美，不只是一期一會那種物理上稍縱即逝的美，還有櫻花的花明かり。花的光。原來櫻花是一種在深夜黑暗中，也還有光的花。

我完全著迷在這些語言的表達裡啊！

究竟人類是遇到什麼樣的情境，然後在思想與唇齒之間，想到這種表達的方式啊？可能只是來自一個人的喃喃自語？然後有人聽見了，傳說了？彼此共感共鳴而成為一個文化的共同印記？語言與表達有關，而且這些表達通常與一個文化怎麼愛、怎麼生活、怎麼記憶有關。

如果想要屠殺一個民族，就去殺掉那個文化的語言吧。殺掉語言，就是刀不見血的終極摧毀。歷史上的黑洞處，都和主政者試圖展開文化與語言滅絕有關。因為只有消滅了語言，才能真正地摧毀文化和民族的記憶。

幾年前因為美國國務院邀請，我有機會造訪杳無人煙的南達科他州（South Dakoda）。當美國白人知道我要去南達科他州的時候，第一個問題都是「為什麼你要去那個地方？」好像那是一個不需要踏訪之境。那是一處在一八八九年被併入美國聯邦政府裡，美國印地安人蘇族中拉科他族的聚落之地。

我在南達科他州認識了很多部落裡的人，也是我第一次深刻感受到什麼叫做「歷史大創傷」（Historical Trauma）。在那裡，我遇到的所有印地安人，每個人都會跟我講到這個詞，邊講邊落下眼淚。

在一九二〇至一九五〇年間，美國政府曾經強制隔離印地安人父母與五歲以上的小孩，強迫小孩上寄宿學校，禁止任何人溝通印地安人的部落、文化與語言。在寄宿學校中只用英文，強迫印地安人放棄自己的祖靈信仰，改信基督教。並使用強烈體罰甚至飢餓來恐嚇小孩，如果哪個孩子講了自己的方言，就要當眾含咬著肥皂淨化口腔（Washing out the mouth with soap），即便吃到吐出膽汁還是要嘗盡它。

用肥皂象徵著語言淨化，用威嚇的方式讓孩子與家長不敢再說自己民族的語言。其實不只美國，幾乎所有政權或主流文化在發展的時候，都會刻意地進行文化同化運動。用最激烈的方式禁止一個民族說自己的語言。其實每個主政者都是這麼做的。一直到現在都持續的發生。

那位公主泫然欲泣地跟我說：「Our man are broken.」我感覺到她的心碎，她向我形容：當他們部落裡的男人無法適應新型態的「文明」生活，他們開始酗酒、嗑藥，甚至家暴、自殺，也逐漸形成「單親母親」的印地安人現行的新社會現象。

過去印地安人社會，是男性狩獵，女性當家，不同性別的相處在部落社會裡有自己的分工和分配，但自從美國政府成立「印第安保留區」，公主流著淚對我說：「我們像是生活在集中營裡。」印地安人被迫只能靜止在一個地方，他們被剝奪的是部落傳說裡可以隨著水牛遷徙的生活。

「我們的語言不見了。」

「我們聽不懂以前的傳說了。」

「我們需要找回我們的語言。我們才能找回我們自己跟這片土地的關係。沒有自己語言的拉科他族，我們連怎麼『愛』都不知道。」

公主說完這三句話，我一句話都說不出來，歷史的創傷也壓上了我。我想起自己的家鄉，我只能沉默，我必須承認——其實我也不知道我的根在哪？屬於我們的傳說是什麼？我深愛滋養我的這片土地，可是我該怎麼愛？有太多記憶的空白。

部落的語言復興非常困難，印地安人不同的部落，就有不同的語言。我認識的公主說他們的部落語言是非常「描述性」（descriptive language）的，一個字通常就包含了「狀態」。那位公主的名字是 igotakehanwin，意思是「老鷹飛過來且駐足」，一個字描述老鷹飛翔且駐足的狀態。他們還有好多解釋水牛奔跑著、太陽閃爍在荒野上之類的文字。當他們的語言被消失，部落的人們再也不知道怎麼用語言形容他們的世界，他們的世界就這樣不見了。而人們可能再也不知道原來「老鷹飛過來短暫駐足」創造出的感動是什麼。

印第安部落裡的男孩到了十二至十三歲，才會得到正式的名字。一個人拿到名字，就是成年之禮，而孩子的名字通常都繼承著家族裡年長者的名字，所有的英雄再一次透過年輕的血液延續地活著。「當我們被剝奪語言和自己的名字的時候，我們就死了。」公主這樣說。當所有的拉科他族都叫作大衛、雷蒙或是彼得，部落內的名字再也無法被傳承，他們對於自己根源的記憶也開始模糊，所以要找到部落的語言，要先從自己的名字開始。

《聖經》的記載，世界的形成，從「說」開始。混沌黑暗中，是上帝先說了一句話，才開始有了光。自己的存在也是吧，讓自己有光，先從學會怎麼說自己的名字開始。

語言是人類發明的一種表達，讓我們彼此靠近，不只是思想的交流，更是身體的溝通。日本人說話的姿態與義大利人就完全不一樣，語言怎麼經過人類的身體，也融合成為民族性。人類透過自己脣齒振動與身體姿勢構成欲望的表達。

怎麼說和說什麼都很重要，誰想對誰說什麼，也得好好捕捉那個心裡最深深處欲望。

譬如一句：「你怎麼這麼可愛。」

誰不會心跳不已，仿若少女？

因為那句話，認真聽的人都會知道，那句話在說的不只是可愛，而是——「你怎麼能夠」「可愛成這樣」「我該怎麼辦？」「我會忍不住想要愛上你。」「因為你太可愛。」How can you be so cute？你怎麼能夠——這樣不合理的可愛啊？

我對這樣的話，毫無抵抗力。

語言可以很重，重如民族傳承與集體記憶；語言也可以很輕，輕如羽毛搔弄人心，讓人難耐。語言就是欲望，語言就是我們怎麼想，我們怎麼說，我們怎麼遠離，我們怎麼靠近。

語言就是存在——人類的集體存在、共同記憶和彼此最眷戀的溫存。

像豌豆公主一樣的牙齒

現在我知道要怎麼做才可以讓你的牙齒很開心！

我非常畏懼牙醫。部分原因來自很小的時候，外公是在某次進行牙醫手術不久後過世，因此每次牙痛、看牙、張嘴、鑽洞、可怕的聲響，總會讓我感覺到有點接近死亡。

還有部分原因是從小到大，我的看牙記憶也都是非常的可怕。小時候遇到的醫生會看著我的牙齒說：「你就是不愛刷牙。」所有牙醫診所的人好像都會用一種異色眼光看著我。聽到這句話，我總會覺得非常委屈，我沒有不愛刷牙啊，但真的就是刷不好啊，但那代人的溝通總是「因為就是你——，所以你才會——。」每每都讓我更責備自己，幾乎每一次要刷牙前，都會忍不住罵罵自己：一定是我不會刷，一定是我不懂得，一定是我沒保護好自己的琺瑯質，一定是我怎麼了，所以我才會蛀牙、才會被抽神經、才會怎麼樣又怎麼樣。總之一切都是我的錯。

牙齒成為一種讓我討厭又焦躁的存在。看牙醫，更是讓我懼怕萬分的事。一直到不久前，我在診間躺椅上還會害怕到掉下眼淚，常常需要抓住牙醫助理的手，或是抱著一個他們為我特別準備的大娃娃，不然我常會發抖到無法控制，連自己都覺得自己荒唐。

我曾經覺得，看牙就是我終其一生的夢魘吧。

但就在二〇二一年八月二十一日的下午一點四十五分，從那一分鐘之後開始，我跟牙齒還有牙醫有了全新的關係。

其實前一天晚上我才剛來過，裝了臨時牙套，晚上回去非常不舒服，醫生讓我趕快回診。我剛剛躺在診療椅上，描述所有牙感經驗後，W醫師很有經驗地說牙齒沒事，應該只是牙套緊度的問題。在調整的過程中，我非常焦慮地責怪自己的牙齒為什麼這麼敏感糟糕，一直在滿口含糊不清中向醫師致歉，給她增添了太多麻煩。我邊道歉，卻聽見W醫師非常雀躍地說：「太棒了，原來你的牙齒喜歡這樣的空間。現在我知道要怎麼做才可以讓你的牙齒很開心！」

啊？

欸。

哇！

我從來沒有想過——「我要怎麼做才可以讓自己的牙齒很開心」這件事。

W醫師拿掉臨時牙套做修磨，我蓋著手術布坐在躺椅上，忍不住紅了眼眶。我不僅從來沒有想過「我要怎麼做才可以讓自己的牙齒很開心」，甚至從小到大，我從來沒有喜歡過自己的牙齒。

醫師開始嘗試新的牙套空間，第一下還是有點痛，我低聲說痛。她再修調一次，感覺立刻好了。她開心地驚呼著：「哇，你真的太棒了！你的感受比咬合紙還精確。」我的第一直覺反應又是愧疚，覺得自己的牙齒也太小題大作、過於敏感，我又開始替我的牙齒道歉。

我不斷地說對不起，是不是我的牙齒太敏感了，真是太麻煩你了。W醫師好像嚇了一跳，不要道歉啊！「這不是『太』敏感，是你『很』敏感。敏感很好啊，代表你可以很精準地感受到你的感覺。」

「你好像豌豆公主一樣，隔了二十層床墊還能感覺到那顆豆子。」她的聲音聽起來好像真的很高興，「這太難得了。你的感官很敏感，你一定是那種食物裡面有沒有放味精就吃得出來的人吧。」她替我的感官做了觀察，也下了結論。

很多人在讀《豌豆公主》這則童話時，都不喜歡豌豆公主的挑剔。但小時候讀到這個故事，我就一直很佩服豌豆公主，因為她是「真的」，貨真價實地知道她在經驗什麼，而且她不會害怕地直接說出口。她看重的從來不是表面的豪奢華麗，而是最本質確切的感受。還有哪個童話人物比豌豆公主更真誠坦率又識貨的？

其實我從小就喜歡她。所以當W醫師說我很像豌豆公主時，我突然為自己的牙齒感到驕傲。原來我的牙齒很優秀，優秀到比任何儀器、咬合紙都精準。

在調整的過程中，W醫師一邊測試一邊很驚訝地對助理說：「哇，真的很細微啊，調整不到20um。」

我感覺自己帶給醫師很大的困擾，又想要道歉的時候，W醫師仍然用非常欣喜甚至有點驕傲的語氣說：「不要道歉，這很棒，這樣我就知道你的牙齒要怎麼樣才會開心。」

「我就知道你的牙齒要怎麼樣才會開心。」

我的牙齒聽到了，似乎咬了我的心口一下。

調整完成，我邊從躺椅站起來，百感交集著，又感謝又有點對不起自己牙齒的眼淚落下，連聲向W醫師道謝。我不僅從來沒有想過「要讓自己的牙齒開心」這件事情，坦白說，我根本從來沒有喜歡過自己的牙齒。一直到那天的診療過程，我才發現原來還能用另外一種角度發現自己的牙齒也是值得喜歡的。

我後來回家特地查了一下，原來20um是〇・〇二毫米的意思，就是〇・〇〇二公分。

一張紙的厚度大約是〇．一〇四毫米，所以我的牙齒感知能力是細緻到連一張薄紙五分之一不到的厚度，都能感受到非常巨大的差異和齒與齒間的壓力。

喔，在檢查的過程，我也發現原來自己的門牙其實也並不是很整齊，那天W醫生邊跟我說明，邊說那樣的牙齒叫作Butterfly Teeth，像蝴蝶一樣的。我吃驚地看著她，我說你是在安慰我吧？她很快樂又堅定地說這是學名，我沒有跟你開玩笑。她對我笑著，像是我擁有這世界上最棒的一副牙齒一樣。

我的牙齒，是我全身上下最像蝴蝶、最像豌豆公主、最傲嬌的地方吧。

我的牙齒真的好可愛啊。

如是我聞

我所聞的，就是我的世界。

舌頭與鼻子是我生活中的兩個觸角，讓我像是某種巨型的奇異昆蟲。

我的味蕾和嗅覺如果跟人一樣具有個性，大概就屬於那種超級高敏特質的人。譬如光是喝水，我就能嘗盡水裡的萬般滋味，偶而喜歡玩盲飲盲測各種水再分辨出處與探索喜好的遊戲。而鼻子恐怕更靈驗了，有時候像是擁有超過兩億個嗅覺接受器的貓鼻子，聞得出季節與溫度變化，聞得出空氣裡的濕度與成分，聞得出每個人的氣味，關於這個人的當下情緒和來歷。

這樣高敏感的鼻子，跟高敏感的人一樣，在芸芸眾生中運行總會遇到挑戰，也很容易內傷，它在意的不僅氣味是否怡人，甚至是否「宜」人。有時候它的生理反應會大到讓我忍不住直接乾嘔，或是過於情不自禁地聞吮某種氣味。後來的我，學會隨身帶著小瓶香水，真的要乾嘔的時候，趕快讓它聞聞。我也會在手腕內側噴上喜愛的氣味，進到一個氣味不宜自己的地方，便趕緊的偷偷抬起我的手腕讓鼻子聞著，像是植物行光合作用一樣，讓它能大口地吸入陽光，補充活著的能量。

氣味於我，是我辨識這個世界的方法，也是我對這個世界的相互關係。就像貓媽媽是用氣味辨別自己的孩兒；而貓喜歡磨蹭主人的原因，是因為想把自己的氣味留在他的身上，才有辦法認得他。

「哪有人像你這樣？假鬼假怪（ké-kuí-ké-kuài）。」有些人知道這個不為人知的小祕密，總會這樣說我。剛開始我也以為這樣是不太正常，常常說對不起，我不是故意的。一直到能識字能閱讀，才發現有個貓鼻子可能不是件壞事吧。看著書裡那些字句描述，哎呀，我並不孤單。也有人能聞到寒冷和日光，味道是有溫度的。也有人能透過氣味分辨青苔是在爬行或枯朽的狀態，味道是有時間的。有人能聞出棉和聚酯纖維的不同，味道是有質地的。如果有機會，介紹我的鼻子跟那些鼻子做為朋友，它們可以展開一系列鼻腔們的共鳴吧。自己的存在，就算與其他人不一樣，我不需要對自己的鼻子，感到抱歉，自己就是上帝的造物，是宇宙的禮物。

嘿，親愛的鼻子啊，我向你致敬，你很了不起，你聞到的就是我的世界啊。貓貓可以分別出兩萬種氣味，我沒認真算過自己能分辨出多少，但，我，竟然，聞得到這個世界啊！一切都如是我聞。

後來知道挪威有一個氣味研究藝術家西塞爾．托拉斯（Sissel Tolaas），她也是從小就著迷於各種氣味的成分與層次。常年蒐集世界各地的氣味，通過對氣味的研究，探索人類的語言交流和世界各地不同的情感與地景體驗。Sissel Tolaas 有個很著名的城市系列的氣味藝術品，在一道一道牆上複製出中央公園、柏林圍牆、墨西哥城的氣味。有些離開自己家鄉很久的人，一聞到自己城市的味道，眼淚就落了下來。哎呀，真的，每座城市的味道都是不一樣的，每個人的家，每個房間每個窗台和角落的味道也都不同。

氣味也與身體的經驗與記憶有關。譬如一件舊牛仔褲氣味的成分，它可能有百分之十五來自追著公車奔跑的汗水、百分之十六來自早上磨蹭你開心的貓、百分之二十四來自抽了五十六秒的萬寶路香菸，然後還有路過的早餐店、嚼過的口香糖、和十三分鐘在公車座椅的停留等等。氣味跟著身體經歷過的空間、時間、情緒起伏和路過的所有人事物，這些祕密，味道都知道。

達文西說：「人類的五種感官決定了他靈魂的深度。」大概是因為我的感官屬於高敏一族，所以我總希望達文西說的是對的。靈魂是什麼，太難懂，我也不會解釋，但至少現在的我，再也不會為自己感覺到的覺得抱歉，我喜歡它們帶給我對於世界的所有認識。

這個世界是我聞到、品嘗、看見、觸摸、聽入的。是我感受到的，不只是我想像的。

我喜歡的氣味很多，最特別的或許是那種幾百幾千人聚在一起，突然鴉雀無聲，大家屏息以待的那種氣味。因為沒有任何人呼吸，那瞬間的空氣會特別清新。然後開始有人一寸一寸的吐息，氣息中都是一種期盼和對未知充滿興奮的味道。眾人屏息的味道是很踏實又充滿冒險感的，像是一群大象成群前行的氣味，那樣的氣味是有聲音感的，全場安靜著，卻全場都有轟隆轟隆的前行之聲。

我最喜歡的是自己家裡的味道吧。家裡的味道總是帶著一種甜甜的、帶有青草地和無數盛開的花朵氣息。只要站在門口的樓梯間，我就能聞到從大門門底縫口滲出的那一絲絲新鮮的甜香味。

讓我最害怕的是那種完全停滯的味道。不知道為什麼，這種味道我很常在移動的交通工具上感覺到，無論是很憤怒或憂傷的計程車、特別擁擠的公車或捷運車廂內都很容易出現。所以後來我喜歡走路，可能跟想要逃避這個味道有關。

那個味道像是一種根深蒂固的固體，裡面參雜著絕望、悲傷還有很多無可奈何的忍耐。「我為什麼要在這裡？」那種氣味對我沉默地嘶吼著——「我不快樂，我想離開這裡！」我聽到那些氣味的聲音。通常就是這種絕望的味道，會讓我生理上有很大的反應，我常常一邊乾嘔，一邊無可救藥地想，我到底該怎麼做，才能讓這麼多不快樂的人能感受到其他。離開絕望。

絕望的味道，像是腐爛的老鼠屍體，那是一種比死亡氣味還要可怕的味道，死亡的味道是安靜又冷冰冰的，死亡已死，但絕望的氣味聞起來像地獄的火正在燒，那是一種不斷地揮發，揮發出痛苦與哀嚎的味道。我幾乎可以感覺到燒毀的臟器零落在地，每一處被火燒過的地方都在發炎和潰爛。透過氣味，我知道，絕望比死亡還可怕。死亡是一秒瞬間，冰冷安靜。但絕望是持續永恆的過程，你明明知道那裡有洞，卻只能眼睜睜地看著自己身陷洞裡卻動彈不得。

剛寫完絕望的氣味，突然有點難受啊。看著自己寫下的描述，腦海中偶而還是會出現，以前總有長輩、同學說我很奇怪很莫名其妙的聲音。真的很怪吧，但這真的就是我聞到的世界。但我相信每個人的存在都有自己的道理，我的當然也是。

也大概因為聞過那樣絕望的氣味，甚至我也曾在自己的身體內發現那樣的腐爛過，所以我才更懂得珍惜美好的氣味存在。譬如希望，真的就像是新生兒一樣，總是會讓人心裡柔軟一片的氣味。希望的味道，是軟軟和彈性的，充滿生命力和全然接受，那是一切都有可能性的味道，是這世界最討人喜歡的氣味之一，我總是會在先生耳朵後側的皮膚上和手心裡找到那樣的味道。我常常情不自禁又貪婪地跟先生說我想聞聞你，抱著他，聞聞聞吮著。那是讓人幸福的味道。

喜歡，已經被科學家證明跟氣味有絕對的關係。純生物學的角度，愛情，就是費洛蒙效益。一個人會愛上另一個人，往往的決定因素就是那個人身上的氣味。這樣分析起愛情，似乎讓愛情不再有趣，但嗅覺就是一種看不到的東西，而那些看不到的，總是比看得到的更為難得珍稀。

嗅覺是人類最強也最原始的感官。聞到的所有，可以改變我們的情緒，甚至影響我們的記憶——「鼻子能直接和杏仁核與大腦深處的情緒、記憶中樞溝通，所以氣味能破除負面感受形成的阻礙。杏仁核、情緒與記憶中樞都是一起從嗅覺系統演化出來的。」[7]英國心理治療師蘇．史都華（Sue Stuart-Smith）分享著嗅覺與記憶和情緒的深刻關聯。

譬如我曾經買了一大束的香水百合，對我來說是芬芳一片，但是先生一聞就面色蒼白。我問怎麼了？原來他爸爸曾經住院半年，最終因癌病逝，所有人送上百合，半年浸淫在百合香氣裡。於是那氣味之於他，成為逐步告別至親至愛的味道。

如果他的爸爸最後活了下來，那樣的味道或許便是重生與希望了。

氣味是有情緒的，而且很深。有時候是深到自己以為已經忘記了，但一旦再相遇那樣的味道，便會被氣味引力拉回那段時光裡。

氣味是忘不掉的。

如是我聞，我知道在佛經內的典故脈絡意思更是「聽聞」吧。無意任何冒犯，但對我而言，確實如是我聞啊——所有的一切，就是我所聞到的一樣。

我所聞的，就是我的世界。

藏在漢字裡的身體

誰說華語民族只會壓抑？喔不，那是人們忘記了。

人類是先用自己的身體作為比較性的丈量單位來理解這個世界的。

「長度」的意識，是人從自己的身體與外在環境對比而來的概念。譬如丈夫一詞，源於古代以一個成年男子的高度定為一丈，成年男子可成婚嫁娶，所以被名為「丈夫」。關於男性必須要有的身高，這樣的刻板印象和性別壓迫，其實也是從古至今啊。

語言之美，在於人類企圖用語言建構並溝通自己所處的世界。我常常驚歎著中文之美，有象形的演繹，有聲音的借代，而成語像是非常精鍊表達的詩。我常常讀中文字讀得欣喜不已，怎麼這樣短短的一個字、一個詞、四個字或七個字，竟能把這樣萬萬千的世界融合於這些字句上。尤其，我常常歡悅地發現，漢字裡真是充滿著身體，充滿了動作！語言學家林若望在一次專訪透露著：「從語言學的角度，每個句子都是一齣戲，裡面最核心的『劇本』，就是動詞。」而中文之美，就像「春風又綠江南岸」一樣，只要人需要的時候，連顏色都可以是動詞。

胡思亂想，我跟那些造字弄詞的人一定可以是朋友。

我總覺得那群人，一定非常非常的好玩幽默！

他們很瞭解自己身體，很享受跟自己的身體的關係很好，也熱衷於觀察整個宇宙世界，才能把那些自己對世界的體會，說得如此清晰生動。哎，瞧瞧「生動」這個詞，多有意思，什麼是生，就是會動的啊。

譬如心曠神怡，把心空曠出來，就能讓心神怡然自得。怡然自得，只要讓自己是開心的，就能夠得到自己。明目張膽，只要把眼睛睜開，就能自然鼓動起自己的膽量，所以害怕的時候，就把眼睛睜大，直視那些恐懼，就能更有勇氣一點。

喔，還有心猿意馬，這更是絲絲入扣的形容。這顆心就像一隻大猩猩，看過大猩猩嗎？猩猩是一種幾乎隨時都在動作的靈長類動物，隨時隨地都在搔動抓著，那是一種停不下來的衝動。而意念就像無法駕馭的駿馬一樣馬鳴狂奔不已。心猿意馬，四個字，具體地描繪出一個人無法抑制又全身騷動奔騰的激動意念。

還有心動了。我心動了。你直擊我的心裡，我的心為之一動。我心疼了，因為你，我連心都揪了疼痛一下。更不用說那些肌膚之親、耳鬢廝磨與溫存，光用讀的，我都能感覺到漢字裡出現的身體感受是多麼的直接露骨。哎，再看看露骨這個字，多露啊，連骨頭都被看見了，毫無任何皮膚肌理掩飾的。

漢字裡的身體是很直接的。誰說華語民族只會壓抑？喔不，那是人們忘記了。社會被馴化出的所謂文明教養，不知道是誰的詭計，用盡各種方法想讓人們忘記自己與身體的關係？

我總覺得我邊讀字，邊能感覺到曾經有一群人在寫字造詞的時候，是很了解、愛護自己身體的，很真摯地面對自己的身體欲望和所有的感官衝動。所以能讓身體的意念都融入字面。

好多身體藏在漢字裡，讀字如見人。

隨手拈一句眉目傳情，瞧見了嗎？眼裡眉梢裡透出的都是綿綿情意啊。

我的那個來了啊

大人們不關注自己現在是什麼，卻非常害怕孩子們的長大。

「我的那個來了啊。」第一次聽到這句話時，我一直追問對方「那個」到底是「哪個」。對方的臉色一陣紅一陣白，喃喃了半天，我還是沒聽懂，只知道是一種「不能說那是什麼，有點髒髒，有點可怕，哎呀不要再問了，有一天你就會知道！」，有點神祕有點骯髒，好像很可怕卻跟未來有關，某種很奇怪又很尷尬的存在。

不知道是誰發明「那個」就是那個的？直到「那一天」，我才知道「那個」是什麼。第一次「那個」來的時候，我並不住在家裡，一個人在人生地不熟的日本圍棋老師家。深夜初潮來襲，我嚇壞了，整個夜裡我不敢聲張，一個人坐在洗手間的地板上，一直哭，想著該怎麼辦，我會流血到死掉嗎？

現在聽起來很傻。但那時候的我，確實不知道什麼是月經，什麼是經血，什麼是長大，或者可以直白地說——我不知道自己的身體是什麼。

身體跟歷史是誰寫的有很大的關係。

歷史（History）更多時候是從男人視角看到的人類故事。隨著時代與文明演進，許多曾經自然的秩序和發生，會被新的權威重新安排與詮釋。基督教剛興起時，主張婦女也是平等的蒙受神愛，女性的月經在當時並不被視為汙穢或咒詛。但在幾百年後中古時代流行的《懺悔贖罪手冊》，卻會看見中古時期行經的女人和孕婦、產婦一樣，都被社會視為不潔的存在，眾人認為分娩與經血所經歷的痛苦是上帝對女性的懲罰，是上帝審判的一部分。中古世紀，女性不能在經期進教堂，東方亦然，迄今仍有宮廟或非常傳統的家庭會勸阻流經血的女子進入參與祭祀。

經血是女孩長成的象徵，所以常被人解讀帶有一種神祕又帶有破壞性的力量。我曾經讀過歐洲中古晚期法國南部農村的審判紀錄[8]，寡婦Béatrice de Planissoles的口供甚至說著她為了避免女兒的丈夫偷情，有猶太人叮囑她使用經血控制法，只要留下女兒第一次的初潮之血，給女兒的丈夫飲用，那個男人便絕對不會變心。很多中古世紀被燒掉的女巫，被迫「承認」自己的經血能施些什麼咒語。喔，你知道嗎？目前這個地球上還有些文化習俗，當女孩初潮的時候，要被關到小屋隔離起來，或是母親或家中長輩，要給初經的年輕女兒一個巴掌。

一個巴掌啊。

那象徵的是恭喜女兒要成為一個女人了。但是，媽媽知道你之後的日子就要難過了啊，先用一個巴掌打醒你。親愛的女兒長大了，但是日子要困難了。[9]那個巴掌打下去，母親應該是心疼的吧？但是又不能不打，怕女兒長不大，還活在快樂的孩童世界裡。

啪。

（醒來吧，親愛的女兒，今天之後，你再也不是小女孩了。）

啪。

（親愛的女兒，從今以後，媽媽不能再保護你了啊。你要離開家了，你不再是我們的孩子了。）

啪。

（我的寶貝啊，以後可能沒有人能像媽媽一樣地愛你。先讓我打醒你！）

啪。

（我親愛的女兒，你要知道痛的時候不能大聲哭，想哭要躲起來哭。被打的時候一定要忍耐。女兒的長大就是這樣，你就學媽媽一樣，咬牙忍過就是了……我們女人就是這樣啊……）

啪。

（我的寶貝啊，我親愛的小寶貝啊，我的女兒啊，我真的捨不得你長大啊。）

我總是會想像那個打下去的巴掌，是多麼的深愛卻又多麼的戒慎恐懼啊。

害怕自己心愛的女兒會受傷，所以與其等她長大後，認識這個世界會難過會破碎，不如讓媽媽先打她一巴掌，讓她知道長大是會痛的，是要怕的，心是會碎的。先讓我自己親手粉碎女兒的任何未來會很好的所有想像。

啪。

除了啪啪啪落下的巴掌，在涼山彝族那邊，還有一種「換童裙」的文化。女孩初經來時如果還未成婚，就要進行這樣的成年禮。換掉少女的裙子，少女得假裝自己已成婚，免得參加祭祀活動時給家裡人（尤其是兄弟）帶來災難。「換童裙」這樣的儀式中，除了換掉裙子，有些地方還會把石磨、門檻、樹樁各種棒式物件仿擬成女孩的丈夫。

這個文化，有人解釋是部落中的集體祝福是歡慶的，但也有人認為這個習俗更多反應出「有女初長成」的恐懼，得用棒狀物馴服女人野性。

初潮來襲，女兒長成女人，成年禮象徵著這個女孩可以出嫁了喔。彝族在女兒成年禮上，要唱著這樣的歌：「媽媽的女兒喔……長到十七歲，再也不是家中的人，田也不再是姑娘的田，地也不再是姑娘的地……」換掉少女的裙子，親愛的女兒，你不再是這個家裡的人了啊，媽媽心裡也痛，可是也沒辦法啊。

月經與女孩的長成有關。一個地方怎麼對待月經，就知道那個地方怎麼樣的期待或害怕一個女孩的長成。

作為一個女兒，作為一個孩子，我有時候很好奇為什麼大人總是會擔心女兒該怎麼樣的長大呢？與其恐嚇我，與其打我一巴掌，能不能就只是把我抱在懷裡溫柔地跟我說說這個殘酷的世界。

我可以用我的方式對抗的。不要這樣罵我。不要這樣嚇我。不要這樣打我。

從小看著這世界所有的大人們，我常常在想，是不是大人實在花太少時間在了解自己？大人們不關注自己現在是什麼，卻非常害怕孩子們的長大。而我們作為孩子的時候，我們也沒有時間去思考自己是誰，會是什麼，沒有人知道自己從哪裡來，當然也不會知道自己要往哪裡去。

為什麼一定要讓女孩的長成是充滿恐懼的呢？

不只女孩，太多太多孩子，都是在恐懼裡長大的。

可不可以讓孩子只要活在愛裡頭就好？只要愛著就好。

相信女兒，相信孩子，有能力自己面對長大後的世界。

那個來了，就是長大了啊。

我的那個來了啊，可不可以變成一種喜悅和充滿力量的存在？

不是離開，不是巴掌。而是我親愛的女兒，好開心你正在長大啊！媽媽好愛你，不用害怕，不用忍耐，因為你是你，你是我最親愛勇敢的女兒啊。

8 | Jacques Fournier: Inquisition Records

9 | 《The Girls' History and Culture Reader; The Twentieth Century》 Urbana: University of Illinois Press

爲自己的月經寫一首詩

是你召喚了我？還是時間在我身體上寫下的歌

月經，古老的中文稱為「月信」。按月而至，如潮有信。還有什麼比月經是更浪漫的存在？那是一種專屬女人身體的韻律，每個女人都有自己的節奏和旋律。女人的身體有如潮汐，高迭起伏，湧流暗伏，有浪在身。

潮與汐，是海水受到日月的引力作用，而發生的周期性漲落現象。白天的發生稱為「潮」，夜晚的則為「汐」。所以每次看海的時候，我總覺得很美，像是看著女人的身體一樣，如此浩瀚，如此巨大，如此神祕，如此燦藍又透明。我們的身體就是自己生命的現在與遠方，只有珍愛自己的身體，才有可能讓現在很美好，並抵達理想的彼方。

不知道從什麼時候開始，我開始學會享受自己的月經來時。享受，不是因為再也不會身體不舒服，而是理解到，月經，是上帝，是這個宇宙給所有女人最誠實的禮物。

身體很奧妙，但是人很難聽懂身體想要說的話。而月經就是一種方式，讓女人不得不停下來深刻地感受到自己的身體。

中醫的理論，通則不同，痛則不通，如果生理期有劇烈的經痛，恰恰地提醒女人該好好注意自己的身體，必須注意了，不用大災大痛，就有個來自身體的提醒。人類的身體就是聖殿，而女人何其幸運，能擁有月經，有一種神獨獨對女人傾訴的密語。其實現在有愈來愈多科學家也指出，男性的身體也會隨著外部環境或壓力而有自己的荷爾蒙起伏周期。人就是一種周期性動物，無論性別，一切發生都跟潮汐與四季一樣，會有起伏，會有流動變化。

寫個小詩送給自己的月經吧：

是你召喚了我？
還是時間在我身體上寫下的
歌

我拒絕不了
而你就這樣來到

在如此潮濕的時刻
你是我結成的蘋果

你的酸澀是我
你的難受是我
你的辛苦是我
而我希望你
每口都是甜的

我在此為你許下承諾
我會為你曬曬太陽也照照月亮
讓那些亮亮和暖暖的為你吟唱

當你是暖的
你就會好的

我會讓自己是熱的
讓我想你的時候
都是快樂的

因為你是我的
我也是你的

在雨中跳舞

我記得我是一個喜歡在雨裡玩耍的孩子。

雨傘，是這個世界上我不會擁有的東西。我喜歡雨天，也喜歡淋雨。之前看到淋雨會導致禿頭的新聞，讓我緊張了一陣。人類真的是很傻的物種，先把地球環境弄得一團糟，才來擔心禿頭和再也吃不到鮪魚該怎麼辦。如果早知如此，那些人還會這樣做嗎？我總是暗自好奇著。

喜歡淋雨是因為我曾經看過一個很美的畫面。那個畫面幾乎成為某種生命裡的隱喻。在雨裡，也可以很美。

那是在巴黎的香榭大道上，一場讓人措手不及突然的大雨，每個人都匆忙躲進最近的屋簷下，街道突然蒼涼空曠了起來。當時也快步躲在屋簷下的我，心中一陣著急，不知道這場雨還會下多久？我想著鞋子會濕，腳會很冷，整個人會非常狼狽，每一刻都在擔心，我討厭這場雨讓一切變得麻煩惱人。

但當我正煩悶著，抬起頭，眼簾闖進一個西裝筆挺的男人和一個穿著紅色洋裝與高跟鞋的美麗女子。他們兩個人漫步在雨裡，彷彿沒有雨一樣。雨很大，街道上完全空蕩無人，整個巴黎似乎為了他們倆清了場。雨愈來愈大，我幾乎要為他們著急了，女子突然歪著頭看了男人一眼，隨意地脫掉她漂亮的紅色高跟鞋，她手拎著鞋，兩個人開始在雨中笑著跳起舞來。我狼狽地站在屋簷下，眼睜睜地看著他們在大雨中宛如四周有音樂般的跳著舞，像是巴黎為他倆準備的神祕舞會。

那一幕彷彿電影畫面。非常浪漫，如此不真實的非常真實。我站在屋簷下，完全為他們倆，為那個絕對的當下瞬間著迷。我真的也同樣在那場雨裡嗎？

雨還下著，空氣特別涼薄。原本在屋簷下躲著雨的我，看著那個在雨中跳舞的紅色洋裝女子，心裡突然湧起一陣衝動，我對自己笑了一下。然後我也走出去。自己一個人嘗試在雨裡跳起舞來。

剛開始還有點彆扭，但雨真的大到一種很荒謬的地步，我忍不住就在香榭大道上笑出聲來，就像喜歡在雨天衝出去，跟著大雨玩耍還沒長大的孩子一樣。

很多小孩都喜歡在雨裡玩呢。不知道人們是什麼時候開始忘記在大雨之中也是可以很好玩的？

之後的每次大雨，都會讓我想起那天下午，和那個在雨裡跳著舞的自己。那天，我記得我是一個喜歡在雨裡玩耍的孩子。一個喜歡無比自由的自己，不畏懼任何目光，很喜歡跳舞的自己。馬奎斯在《百年孤獨》裡寫著：「生命中真正重要的不是你遭遇了什麼，而是你記住了哪些事，又是如何銘記的。」

那天在大雨裡，我記得我自己。

當人像隻小獸

欲望，會讓人知道什麼叫作卑微如塵埃。

感受過欲望嗎？

欲望是人那小小的心臟怎麼會跳動得如此快啊？

人會突然間感受到一種從骨頭深深處竄起的，一種從來沒有經驗過的電流。人會感受到某種突如其來想要冒險的衝動，從丹田處搔弄著。對，那是一種欲望，欲望令人難以啟齒卻亟望非常的表達。

欲望是非常確切真實的。像浪潮一般，一陣一陣，一波一波。被欲望撩動的姿態，幾乎像是令人戰慄的高潮前戲，能感受到自己皮膚表層的每一寸，每一個毛細孔，都在張開，都在渴望，都在嗔鳴。

人能聽見內心深深處的每一個細胞都在嚷著「我想要」，想要到幾乎在細胞間產生令人上癮的某種痛楚，非常渴望的欲望是帶著痛楚的。骶骨薦椎會不自覺地喘氣，欲望會隨著脊椎骨一節一節向上，一節一節地向上征服大腦裡殘存的絲微理性。人會聽見那個不敢被承認的欲望低鳴著——嗚，我想要再更靠近。啊，我真的想要再更靠近再更靠近。

欲望會哀求著。

拜託，讓我吧。拜託，給我吧。

當像浪的欲望襲來，那種對未知的莫名想要，會讓人像阿姆斯壯要踏月之前，身體內的所有細胞像全地表人群一樣屏息而待。沒有人知道會去到哪裡，沒有人知道會發現到什麼。但欲望就是那裡有一個必須要去到的地方。人會知道那裡有一個莫名的召喚，莫名的引力，一種讓自己想要的不斷靠近靠近再靠近。

欲望，會讓人知道什麼叫作卑微如塵埃。欲望就是我，我就是塵埃。我只想隨著風，被吹著，吹向那個不知其所以。我必須再靠近一點，我想化作風的一部分，吹向那個渴望，緊緊密密的貼合。我要與那個不明所以靠得緊緊的，濕潤潤的無限貼黏著。欲望會成為某種必須的張力。

聶魯達把欲望寫之入骨：「我對你的欲望何其可怕而短暫，何其混亂而醉迷，何其緊張而貪婪。」「那話語，在脣間欲言又止。」「這是我的命運，我的渴望在那裡航行，我的渴望在那裡墜落，一切在你身上沉沒。」也像普魯斯特說的：「情人心血來潮時，就像泳者不知不覺被捲進大海，頓時看不見大陸一樣。」欲望是一種被吞噬的，澎湃的，激烈的，不知不覺的衝動。

欲望真的是這樣潛伏在身體墜落的那個深深深深深之處，深到讓人難以發現原來自己的身體裡還藏有那樣的一個角落，那個角落裡的每一寸都在浪巔之上。

而人總是會喜歡那個充滿欲望的自己。欲望能讓人感覺自己就是一頭原始小獸。在自然世界裡，我是獵物我也是狩獵者，我能咬，能輕嚙，我可以吼叫，我可以在我喜歡的面前大肆起舞張揚著——我未被馴化，我依然可以在森林莽原上奔向任何我想奔向的。人能透過欲望的存在，想像自己依然是自由的。

衝動莽撞但是自由，欲望讓人像是可愛的小獸。

擬貓科優雅式人生

優雅是一種狀態，人人皆能抵達。

「你很優雅。」是一種我最想要最喜歡最無法抵抗最臉紅的讚美。總覺得「優雅」這個詞就包含著所有我想要的美好特質。

開始有人用優雅形容我，是在高一的時候，好友N說的。那是一個上課還會傳紙條的時代，她在紙條上寫著：「你有一種凌亂的優雅。」還有一個讓我印象很深的優雅來自大學，有個跟我一起跨系修讀戲劇的同學，她親暱笑著說：「瑋軒你像是一隻狼寶寶，喔不，你更像一隻豹寶寶。」我挑著眉問她：「豹寶寶跟狼寶寶有什麼不同？」她嘻嘻笑笑地說豹比較優雅，所以你比較像豹寶寶。

雖然朋友們幫我在優雅裡揉捏進凌亂、狼和豹的野獸姿態，但我實在太喜歡優雅了，我便尾巴翹起地享受這樣的溢美之詞。

後來想想，雖然很是一種溢美的誇讚，但也確實反映著我對優雅的詮釋。我的優雅是很不完美的，是跌倒後再站起來的姿態，不是天生芭蕾女伶或女王。

我所以為的優雅，是像舞蹈評論家莎拉．考夫曼（Sarah L. Kaufman）在《凝視優雅》裡形容的樣子：「這些女人，有點肉欲、有點歷練、有點缺陷。」對我來說，優雅從來不是完美無缺，而是經驗了生活的缺陷，還能微笑以對。

高一第一次拿到「優雅」這個形容詞的我，正是我經歷著如何站在死亡之前的時候。在醫院住了好一陣子的我，在那樣子的環境，很清楚地知道身為一個病人是很難有尊嚴的。

講尊嚴或許有點太嚴重。

但在醫院那樣的環境，手上插著各種管子，上個廁所也需要按鈴甚至有人要幫著拿各種點滴掛袋的時候，像我這麼不喜歡麻煩別人又帶著一點驕傲個性的人，第一次了解自尊心會帶來的尷尬和難受。但十六歲的我，大概就是在那些令人窘迫不安的時刻，學會用感恩的心處之泰然吧。我不知道手術會不會成功，但是我知道我能在這個病房裡的每一天，都受到很多人的照顧和禱告，我也得為自己努力活下去，帶著微笑的。進手術房的前一天晚上，我還要牽牽爸爸媽媽的手說：「我不怕呢。」如果手術失敗了，至少大家記得的我，是一個我自己也喜歡的人。

大概是因為這樣有點不堪回首的經驗，才讓我獲得被同學形容是優雅的機會吧。

而大學同學形容我有點豹寶寶式優雅，我總覺得是因為她很清楚地看見我，作為一個外系生，光是踏入戲劇系系館的那種膽怯不安，但是無論再怎麼緊張害怕，既然選擇了，就得鼓起面對的勇氣。海明威這樣說過：「勇氣是壓力之下的優雅風度。」我猜測，她會認為我優雅，是因為她看見我某種鼓起勇氣的狀態吧。優不優雅是其次，但確實，我是非常勇敢地面對所有讓我害怕的。

不為別人眼中的我，我確實喜歡也希望自己是優雅的。

我心目中理想的優雅，是思想與身體的線條一致的，是願意擁抱且敞開的；是能與身邊的人與世界共感共情的；是遇到什麼都能夠先展露一抹微笑的。我很認同盧梭說的：「優雅可以顯示一個人的趣味。」優雅，就是在任何事情中都能找到幽默好玩的可能。

直視恐懼，微笑以對。

經歷太多黑暗的，那就讓自己成為那道光吧。

如果這些都能被稱作為優雅，那優雅便是我這一生的存活之道。

我認為優雅與物質沒有任何關係。很多人感覺戴上珍珠就是一種優雅，但我心目中的優雅，跟人戴上什麼珠寶無關。優雅不是冷冰冰的華貴姿態。優雅是一種面對生活從容挺立的狀態。而且這樣的挺立是鬆弛自在且毫不緊繃的，是一種隨侍在旁能讓人感覺舒服融入，而不焦慮聒噪的。

「優雅意味著一種心滿意足的靜默，因此不會喧噪唐突……我們需要歸返優雅狀態，而且必須獲得奧援……今日已不復見的優雅，曾是長久以來備受珍視的重要特質，可以說是人類互動的核心，並定義了我們看待身體與周遭世界的方式。」──莎拉．考夫曼這樣形容著優雅──優雅是我們看待身體與周遭世界的方式。優雅，是人們自身與外在環境的互動關係。

優雅是一種生活中的氣質，如果講氣質還是太抽象，優雅是人在這個場域創造出來的一種氛圍，就像是貓科動物行走時透露出的一種氣息。

仔細看看，貓咪走路其實是很常跌倒的。

但是當牠跌倒的時候，牠會尾巴輕晃，頭甩一兩下，趕快調整一下步伐，自己重新調整重新再好整以暇地走起路來，像是剛剛的跌倒跟牠無關一樣。每次我看著貓咪跌倒，我總是覺得貓兒真是特別優雅啊。優雅就是可以平衡自己的重心，好好生活，好好走路，好好微笑，找到一種面對自己身體與外在世界的交互關係。

哎呀，跌倒了，就爬起來唄。

優雅是一種狀態，人人皆能抵達。

完美不是優雅，完美只是完美。

我喜歡自己並不完美但是優雅著。

嗨，我親愛的橫膈膜

謝謝你，幫助我呼吸。

「你還不夠認識自己的聲音。」有一天，好友L這樣跟我說。

我非常不以為然。幾乎要當作笑話一樣的。我真的非常了解自己的聲音，我進行過多少場演講？說過多少自己的故事？更不用提，我可是那個一直幫助別人找到自己聲音的人！「我怎麼可能還不夠認識自己的聲音？」我很有自信的這樣跟她解釋著。

L笑笑地聽著我的反駁。她聳聳肩，她說：「你如果覺得自己很好就好，但我是你的朋友，我必須跟你說。」我看著她，我知道一個溝通本來就需要彼此進行，不是她說了就完成，我也得聽得下去才行。

我知道她對我毫無條件的愛，我當然相信她，但同時我也很相信我自己。我真的對自己的聲音有自信啊。我聽了她說，我想否認，但我不懂。不懂。好吧，就讓我搞清楚這件事情是什麼吧。要反駁，得據情據理才行。

把時間刻意空出來，我把自己丟在林克雷特的聲音訓練（Linklater Voice Technique）裡，身旁都是專業的表演藝術工作者。我像是一隻進入未知領域的小鹿，一切警惕著，身體繃緊緊的，在課程中間，耳裡傳入L的指令：「來，現在把意識放到自己的橫隔膜，讓氣息進來，讓氣息出去。」

橫隔膜？那是什麼？我有點懵。那是一層粘膜嗎？偷偷看看同班同學們，所有人看起來都不知其所以。每個人都是一臉不懂。一點也不誇張的，五天的聲音訓練，我們就花了五天在發現、觀察、了解、經驗、餵養自己的橫隔膜。

「那是人類身體最大塊的肌肉，位置剛好在肋骨下方，將胸腔與腹腔分隔開。」L每天幫我們補充關於橫隔膜的知識：「幫助我們呼吸的，不是肺，是橫隔膜。是橫隔膜下降改變身體內的壓力，讓氣息得以進入。是橫隔膜上升，讓氣息得以釋放。」

所以L從來不說「呼吸」，她總是說「氣息進入」或「氣息釋放」。呼吸，「人」以為自己是主體，是人在努力的吐氣吸氣。但人類身體構造的設計，人體更像是種受體，氣息的進出，只是因為身體體倉與外部環境壓力的改變使然。

氣息的流動是自由的，人體就像樹，風吹來，氣息進入；風吹過，氣息釋放。然後我們能發出沙沙沙沙風吹過的聲音，風大，那樹葉摩擦的聲音就大；風小，那樹葉磨磨蹭蹭的聲音就渺渺。

我是在第二天感覺到他的。我的橫隔膜。他就在我的心臟下方，那是一個圓拱型的存在，橫隔膜不是膜而是一大片巨大充滿彈性的肌肉。

從對自己身體的內在系統一無所知，到真的能感覺到自己橫隔膜的運動。我的手輕輕地捧著自己的橫隔膜，虔誠的，像是感覺到一隻振翅而飛的蝴蝶，輕輕小小卻有力的存在。摸到他的那一刻，我能感覺到身體的底部湧出某種身心合一的激動。

啊，那是我的橫隔膜。

喔，我親愛的橫隔膜，原來你在這裡，我第一次感覺到你，我第一次看見你，我第一次摸到你。謝謝你，幫助我呼吸，喔不，你就是我，我就是你，謝謝你，謝謝我們，我們一起讓氣息自由進入，我們能一起做到氣息釋放，我真的感覺到了，原來你和我這麼強壯。

一種我從來沒有經驗過的激動，像是第一次高潮，重新了解自己身體的那種激動。

當我找回人類最原始自然的氣息進出，驚奇地發現，這一切都像是我猛然間遇到一個讓我瘋狂愛上的人，而這個人叫作「自己」。

像是重生一樣。我真的像一個剛出生剛認識這個世界的寶寶，對於這世界所有的發生都讚歎驚奇不已。

我好像第一次重新感受到陽光，第一次看見雲彩變化，第一次皮膚每一寸都能感覺到風的親吻，因為身體的節奏鬆緊不同了，這個世界之於我就都不同了。舌頭會變得敏感，光是抵觸到口腔的上顎內，就能感覺到身體原始的痲痲酥酥。因為這些練習跟聲音有關，我發現自己的耳朵也開始變得敏感，我開始聽見自己各種的聲音變化。哎，聽見，聽，是可以見到的。聲音不只是聽覺，它也包含著視覺、觸覺、所有知覺和欲望表達。

而這一切的一切都從跟自己的橫隔膜打招呼開始。

嗨，我親愛的橫隔膜。

卷四

像我這樣殘存的魔幻時刻仰慕者

請抬起你的頭，我的公主，
不然皇冠會掉下來。

——電影《羅馬假期》

如薛西弗斯的

要用每一天的甘之如飴來作為對無情現實的甜蜜反擊。

這種生活太適合我了。我喜歡自己能說出這樣的話。

「兩年前，因緣際會下，我有個機會到貝加爾湖畔的一座小木屋住三天，一位名叫安東的狩獵監督官在他貝加爾湖東岸的俄式小農舍接待我……漫漫長日過得很快，我和他道別時心想：『這種生活太適合我了。』……於是，我鄭重承諾自己要獨自到小木屋生活幾個月。寒冷、寂靜和孤獨等狀態，將來會比黃金更珍貴。在這人口過剩、氣溫過暖且噪音過大的地球上，森林裡的小木屋就是黃金屋……」[10]

讀著《貝加爾湖畔札記》時，剛好正值Covid-19疫情高峰，全台封鎖。我一下子就跟著作者進入到那個小木屋裡，感受到那裡的風、那裡的光。我抬頭對先生說：「我也好想找一座森林在裡面待個幾個月半年喔。」

「這種生活太適合我了。」我這樣跟先生說。先生不置可否地笑著對我說：「如果你真的住在那裡，一個禮拜之後，你也會很想到一個熱鬧的城市，待個幾個月半年吧。」

我一句又一句嚷著：「欸。」「你不懂。」「那種想要隱居的心。」「那種離開所有喧囂，放下一切，到一個自己喜歡的地方，重新開始一切，一切自力更生，一切從頭再來，一切自由。」「你不懂！」「我好想要過旅居世界的生活啊。」

「現在不行嗎？」他猛地問我。

現在是疫情時代啊，不要說出國，不要說旅居，連在台灣想找一座山，去一趟海，都不方便吧。我把話揣在心裡，瞪著他，話還沒說出口，就聽見心裡有個聲音低低笑著問我：「嘿，生活一定要在他方嗎？」

生活在他方。

生，**活**，**在**，**他**，**方**。這五個字，震耳欲聾地響起。

米蘭．昆德拉的經典著作。書名從法國詩人韓波詩句而來的啟發：「在富於詩意的夢幻想像中，周遭的生活是多麼平庸而死寂，真正的生活總是在他方。」是啊，米蘭．昆德拉說得多好：「當生活在彼處時，那是夢，是藝術，是詩，而當彼處一旦變為此處，崇高感隨即便變為生活的另一面：殘酷。」

再翻開另一個經典名著《山居歲月》。一對英國夫妻下定決心到普羅旺斯定居，記錄了一年的所見所聞，風靡了全球二十年，被翻譯成四十種語言，盤據了《紐約時報》、《周日泰晤士報》排行榜三年。那本書讓普羅旺斯成為超過六百萬讀者心中的理想樂土。原來普羅旺斯是這樣的有趣啊，那裡的時間跟我這裡不一樣！那裡的空氣，會帶著山毛櫸的柴火煙味！我根本不知道山毛櫸是什麼味道，但當我閱讀那樣的文字的時候，我卻幾乎能想像那樣帶有森林和土地芬芳的柴木味。閱讀那些旅居文字的時候，最常引來的感歎大概是——原來有人可以這樣活著啊——**有一天，我也可以這樣的活著吧！**

那些書的作者們，代替我們去經驗那些，代替我們去活在一個我們想要但因為各種現實考量，我們遲遲不能出發的地方——那個他方。

生活在他方，因為當我們想像著他方，生活在他方之中，眼前種種無不驚奇啊。在他方經歷的一切就像是被精靈灑了魔法一樣啊，我們會像是《仲夏夜之夢》被小精靈帕克撒上愛情靈藥的仙后提泰妮亞，一睜開眼睛，就會愛上眼前的所有一切。當我們身在他方，或想像自己正在他方，一切的一切都會像是閃著金色的光一樣閃閃發亮著，我們會對一切所見產生一種難以言喻的自我投入戀愛感。

只要踏上旅程，小精靈帕克就會守護著我們。

米蘭．昆德拉很了解什麼是生活，什麼是對遠方的幻想：「沒有什麼比旅行前的片刻更美好了，這一刻，明日的地平線來拜訪我們，向我們訴說它的承諾。」有時候那種最美好、最幸福、最飽滿的時刻，就是那種乍暖還寒正在此處與他方之交界，那種曖昧到極致，皮膚的距離只在一寸之間，就像渴望啜飲的欲望剛好在舌尖，那種將醒未醒的恍惚間，那種迴光返照似的活著與死亡之間。

已經出發，但尚未抵達，總是最美好的的時刻。

所以為什麼電影總是停在婚禮那一刻呢？因為婚禮通常是我們對兩個人在此處

相戀著，關於他方最大膽的想像。一旦婚禮之後，婚後的生活就變成「此處」。而此處，總是特別現實又殘酷。

「每一個人都遺憾他不能過其他的生活。你也會想過一過你所有未實現的可能性，你所有可能的生活。」是啊，生活總是在他方，我們總是會想像其他種的生活，我們總是會以為那才是真正的生活。

比起關注當下的生活，更多時候，人們好像更擅於逃避，用美食、電影書籍、旅行麻痺或解放自己。或者比這些更悲傷的，很多人最後透過那些社群媒體相簿裡的照片，去建構自己的理想生活。

有時候邊滑邊看著，我會忍不住覺得可怕，因為愈來愈多人失去生活的真實性，真正有關於「人的」生活不見了。

現在搭建在社群網絡的生活是：有一種生活叫作「我想要被別人看見的」生活。有一種生活叫作「我創造出讓別人以為我是這樣的生活」的生活。有一種生活叫作「發這樣的影片和照片，會有更多人按讚追蹤和分享的」生活。還有一種生活叫作「當我一年後再看自己的社群相冊，我連自己都騙過去以為那就是自己生活」的生活。會不會有一天生活不是在他方，而是在各種虛擬的AR、VR裝置和社群網絡上。還是其實當代人的生活已經是這樣了？

社群網絡現在有的「多年前此刻」回顧機制，如果變成人工刻意的場景設計，會不會人的記憶就會變成在社群網絡上建構的那個樣子？

「這樣不好嗎？」朋友B跟我進行哲學辯論。「人可以再造自己的記憶，建構自己的生活表象，這是一種人在意識上的全新復興時代啊。」我們還討論過——如果一個人把所有的社群帳號都關掉，再也不發布任何言論，也沒有人記得，當那個人的所有親人朋友都走了或是忘記他了，那「他」在這個時代裡還算是有活過嗎？

那天晚上與好友的辯論，像是沙特與卡繆與西蒙波娃的討論一樣，我們沒有結論。我只知道人類的生活確實荒謬，存在與見證是一體的兩面。自我與他人就像是易有太極是生兩儀，每個人的人生如果屏除任何宗教信仰，最後的最後其實都只能是自由心證。而社群網絡上面所有的影音、照片和文字，就是自己為自己設計的見證。

兩極式的人類在社群上的表徵：

——啊，我活過，而且我是活得這麼這麼的好。

喔或者——我活過，而且我是活得這麼這麼的慘。

經過設計的角度，可能時間久了，連自己都會相信那就是自己當時的經歷吧。

不管別人怎麼做，我自己喜歡生活是愈誠實愈好的。

累了就說有點累了，興奮了就說自己是興奮的，害怕的時候就承認自己正在害怕，快樂的時候就大方地承認我現在是快樂的。懂的就說自己確實懂，不懂的就說其實自己並不明白。愛了就是愛了，是什麼就說什麼。當我決定我心裡想什麼就要說什麼的時候，遇到不好說心裡話的人，轉身離開，絕不虛偽，我發現當自己過著這樣的日子，確實輕鬆許多。

我總覺得這樣的日子，是有點像薛西弗斯的。

薛西弗斯接受自己每天的生活，就是受到眾神懲罰，必須每日推著巨石上山。在我心裡，薛西弗斯真的是個大英雄。就像羅曼羅蘭說的：「世界上只有一種真正的英雄主義，那就是在認清生活的真相後依然熱愛生活。」薛西弗斯明明知道他這一輩子，只能這樣推著巨石了，但他仍然每天勤奮努力甚至快樂的日復又一日。

如果是我推石頭，我大概會每一天都在嘗試不一樣的推法吧。有時左手推，有時右手推。有時學著部落女子用頭頂著，有時學著螞蟻用自己的背扛著。有時候哼著歌吧，有時候念首詩吧，有時候自己來段角色獨白。有時候邊上山邊眺望風景，有時候邊上山就只看著腳下的每一步。總之跟薛西弗斯一樣，我絕對不會放棄每一天快樂活著的可能。

但其實誰不是薛西弗斯？我們每一個人出生便注定在往死亡的路上前進，沒有一個人可以逃離。每一天活著，就是每一天的死去。每一天睜開眼（就算閉著眼也是一樣），就注定要推著一個叫做「現實」的巨石。

我會選擇像神話中的薛西弗斯，要用每一天的甘之如飴來作為對無情現實的甜蜜反擊。

我想要有意識地選擇每天專注在自己的生活，愉快且享受，接受且歡喜。與其每天想著他方才是生活，想著「如果我不需要在這裡推石頭就好了」，只想像著自己在豐盛的普羅旺斯、寂寥的貝爾加湖畔、上流時尚的紐約、繁華東京或氣派的上海或是北京，都不如把現在的此刻此處過好。

就像卡繆在《反抗者》說的：「對未來的真正慷慨，是把一切都獻給現在。」生活從來都不在他方啊，他方只是一種嚮往，與其嚮往，不如活在當下。生活，就是在此處。要讓自己的生活是幸福快樂的，要對自己負責，「如果想讓一天有個好的開始，盡自己應盡的責任是很重要的。」在一開始誘惑我想隱居於貝加爾湖畔森林深處的作者席爾凡．戴松在書裡這樣說。

不需在湖畔，每一天的本身都能是無限歡喜的。

每一天醒來，都對生活說一句我好喜歡你，我好喜歡今天。今天，就是非常讓我滿足的一天，這一天，就會是心滿意足的。今天的我，心滿意足的，很是快樂，我也是可愛的。深情地對待自己，偶而向自己告白「自己真是可愛啊」，就會變可愛。

今天要好好地活著，然後，明天繼續下去。

喜歡自己做的事

是那最好的，選擇了我。

多傑仁卿喇嘛說過一句話：「不挑喜歡做的事，而是喜歡自己做的事。」[11]這句話是他在形容他的導師喇嘛長老在做任何事情的時候，看起來總是非常從容，非常歡喜的樣子，所以他一直以為長老的工作鐵定簡單容易。直到換他自己要做的那一刻，他才發現原來那些事情其實又累又辛苦，沒有任何一點能讓人歡喜的可能。

挺有趣的，我有很多機會聽見不少人在面對工作的時候說「這不是我喜歡做的事情」或是「某某事情才是我喜歡做的事情」。雖然政治正確、擄獲人心的回應語句一定是：「你就專注地做自己喜歡做的事情就好了。」但我始終說不出口。

因為我知道，更多時候，喜歡可能來自一種想像。

有些喜歡是一種因為做得到，於是我以為我喜歡。那樣的喜歡，更多是一種自我防禦機制。不想讓自己失敗、不想要讓自己對自己失望、因為有點不敢面對自己真正的樣貌，所以大腦很聰明的為人類安排一種「喜歡」的狀態，讓自己躲在「我認為我喜歡」的想像裡。

工作是這樣，戀愛亦如是。很多人談著棄之可惜食之無味的戀愛，只是因為找不到其他人了，懶得去找其他人了，那就先讓自己停在那裡。反正也沒有不喜歡啊，就這樣一天又一天的騙著自己。

會知道「喜歡」這件事情會騙人，是因為我遇過很有潛力的年輕人，因為信任我，所以願意在自己好像還沒那麼喜歡的時候，讓我有機會鼓勵他們去做「『本來』不喜歡做的事」。有時候好幾年後，他們突然會對我說：「哎呀，幸好我去做了。」然後還要再好幾年後，我才聽得到一句：「謝謝你，當時鼓勵我去做那些我不喜歡做的事情。」幸好，我不是為了要聽到那些感謝而活著的人，不然人生其實沒有這麼多好幾年後。但也是這樣的經歷，讓我知道大腦很聰明，總會為人類安排「喜歡」的情境。大腦沒有惡意，它也只是想保護我們而已。有時候人以為的「不喜歡」，可能等時間到了，才知道哎呀原來自己是這麼的喜歡啊。

很多女孩跟我說，很久以後才發現喜歡自己是有野心的。但是成長過程不能這樣承認，那就以為自己不喜歡吧。自我催眠著，讓自己好過一點。被我和《女人迷》喚醒的時候，會覺得日子好煩又難過，但總是要走過之後，才能學會真正的喜歡自己。

喜歡自己，就是能讓自己能是今生本來的樣子，這樣而已。日子該怎過，沒有標準答案。無論你對此生的決定是什麼，一定要清醒真誠地對待自己。

當然我也曾經疑惑過，一個人活著當然要做自己喜歡的事啊。人生苦短，去日無多，不做自己喜歡做的事情要幹嘛呢？何必勉強自己？但是看到多傑仁卿喇嘛寫的那句話「不挑喜歡做的事，而是喜歡自己做的事」，我理解了。

真正的人生，不是去「挑選」自己喜歡的。而是要去喜歡，去享受，每一個自己「正在」做的事情。

就像人類無法選擇自己的出生，也無法挑選自己的出身，生命就是降臨，然後不得不迎接自己所有的發生。這就是生命的祕密——學會喜歡自己的每一個當下時刻，喜歡自己「現在的這一刻」。享受自己的此時，在這一刻便能是衷心歡喜的。

喜歡自己做的事，這就是快樂活著的奧祕。

這又讓我想到泰戈爾在《漂鳥集》裡的詩：「我不能選擇最好的，是那最好的挑選我。」（I cannot choose the best. The best chooses me.）每次讀到這句話，心裡總會有點感動。

所有的選擇，都有可能是種錯過，都可能有盲點，都可能是執念，都有可能帶著點自以為，但又是所有的選擇成為我們自己。只要知道生命中的一切發生，都是那些最好的在選擇自己，每一個當下都會變成是一種值得領受的享受。

我喜歡我做的每一件事，因為是那最好的，選擇了我。感謝生命裡的所有發生啊，都是最好的。

幸福的女性主義者

讓自己幸福，是每個人的最大責任。

西蒙波娃是我的精神導師。

「女人不是天生的，而是後天形成的。」這句話啟迪了我的創業之路。她對生活與愛情的追求，也不經意地養成了現在的我。她讓我知道當一個女人是自由的，能愛的、敢愛的，會是多麼幸福的。

這句話不只關於女人，其實關於所有人。

當一個人是自由的，才有可能真的幸福又快樂。

很多人認為女性主義者總是性格偏激，說話行事犀利，刀子口也是刀子心，厲聲批判所有人所有事，激化對立，讓人害怕的。喔，這些話，都是有人直接這樣跟我說的，所以我知道，很多人在心裡都是這樣想的。而且愈不認識我，愈容易害怕我。有些有名又有權威的人物，表面上不會承認，但實際上，對我總是避之唯恐不及。某某某很「怕」你，總是會有人這樣跟我說。

光是「女性主義者」這五個字，就會讓我被貼上這樣的標籤——討厭，難搞，小題大作，讓人心生怕怕，這社會已經這麼先進了，到底「她」還要怎樣？

我還想要怎樣？

沒想怎樣。我只是想盡自己綿薄之力，讓更多人是幸福快樂的，是自由的。而且，我也想要讓自己是幸福快樂的。畢竟，我立志要做個幸福的女性主義者。

我追求生活的幸福，就像我追求女性主義在日常生活中的時刻實踐一樣。我一直認為作為一個女性主義者，務必要非常幸福，而不只有痛苦、哀傷與憤怒。

讓自己幸福，是每個人的最大責任。

作為一個女性主義者，是必須要讓自己幸福的。「我一生中從未碰到過有人像我一樣幸運，也沒有任何人像我這樣不屈不撓地追求幸福。」西蒙波娃這樣說。

不屈不撓地追求幸福，是必須下定決心才能做到的。畢竟作為一個明目張膽的女性主義者，有時候得到的挫折和障礙總是比想像的要多上很多。我每天都覺得自己準備好了，但也每天都會有想像不到的困難在那裡等著。而且很多困難是無法說出來，只能自己吞下去的。

我曾經問過也在創業的爸爸，如果看到很多莫名其妙的狀況，很多明明是這樣卻被解讀成那樣的事情，明明有這麼多委屈和不被理解，該怎麼辦？公平正義在哪？善良正義在哪？爸爸說：「你要自己吞下去。」吞下去那些辛苦，然後把那些辛苦轉換成更大的力量。

女性主義其實是一件在實踐中，能讓人感到非常幸福的存在。一種可以感覺到自己是「清明的」幸福感。原來自己能透過性別的視角，看清楚這個現行世界的權力結構。原來自己可以清醒地看見與活著。原來人有能力擁有足夠大的勇氣說出「我無法沉默」、「我決定抵抗」、「我也是」。是女性主義啟蒙著我，讓我知道原來人真的可以偉大，能為一個比自己更巨大的理想奮鬥努力著。原來幸福可以是因為——是為別人創造了什麼，而這麼具體的被自己擁有到的啊。幸福不是物質，不是儀式，而是因為為了別人做些什麼。

作為一個人，是可以很幸福偉大的。這是女性主義帶給我的感動。

我的幸福就是能用自己信仰的方式生活著，是自己思想的行動者。能按著自己的需求，過著自己喜歡的生活。生活中有我深愛和深愛我的人，能為彼此花時間相處歡笑。我想要讓更多人更自由，學著快樂，練習愛與被愛，了解自己的本質天賦，好好的愛護自己，而我能為我在意的奮鬥和戰鬥，奮鬥的時候還有一群戰友一起走。能這樣的活著，雖然要吞下去很多東西，但這就是我的幸福。清醒真誠的。

「幸福不僅僅是一種令我激動的東西，它還告訴了我存在的意義和世界的真相。」精神導師西蒙波娃這樣鼓勵著我。

為了自己想要的幸福，無論多辛苦，我都會吞下去。

這世界眞的很糟，我不會假裝它是美好的

如果我不喜歡這樣很糟的世界，我就先去成為那個我想要的改變。

「權力可以使人腐化，絕對的權力使人絕對腐化。」英國爵士John Dalberg Acton所留下引人深思的話。但握有權力者，永遠只會更加變本加厲地追求絕對的權力。

許多人以為性騷擾與性侵害是罕見的，但很遺憾，事實是，性騷擾與性侵害是社會常態。只是當大家避而不談，面對性別的問題，總是先視作偶然的「個案」，或將事件歸因於「個人的」關係表達方式，認為這其實都沒什麼。這些閃避和以

為，都是在助長既有的權力結構。不要忘記，絕對的權力使人絕對的腐化。

前些年全球首屆一指的新創孵化器500 startup共同創始人Dave McClure性騷擾的新聞爆發，有些人想著怎麼他如此晚節不保；有些人想著天網恢恢總算有人揭發他；有些人幫他說話，認為那些所謂「性騷擾」的話語或舉動不過是一種單純男性向女性表達好感的方式。有些人說誰或誰都是「那些女生」「自己主動」以換取被投資機會；有些人開始追問你或她是否經歷過這樣的經驗。這個事件，我看見眾人眾媒，從調侃——怎麼這麼不小心留下這樣的證據，到驚訝——原來有這麼多女孩受害。有些人確實憤怒，但更多看到的是遺憾——沒想到聰明偉大有權力的他，會做這樣的事情。怎麼「他」會做這樣的事？其實那不只是「他」，不只是「一個人」啊。

也許有人覺得性騷擾不算什麼，但對許多當事人而言，那是永遠跟隨著的陰影。性侵害也許有人覺得不過是一次的進入，但對當事人而言，可能就是某個自己在那個瞬間，永遠被殺掉了，死去了。但可怕的是，自己還持續在活，所以死亡是不斷出現的真實顯影。一次一次，有時候他甚至會認為寧可一次死透更好。至少不需要每次遇到類似的情景，不需要每次午夜夢迴，就一次又一次的再被惡夢進入一次，再被強迫一次，不斷不斷地再死一次。

之前《女人迷》做過一個調查，在台灣，每三．五分鐘，就有一個人「正在」經歷性騷擾或性暴力；每二十五個人，就有一個人遭遇過性侵害。《華盛頓郵報》也做過調查，發現在美國每五個女大學生，就有一個經歷過「非自願」的性接觸。但更驚人的事情是，這個數字甚至無法反映真實數字，因為沒有被揭露的數字還有更多。調查顯示經歷過被性侵害的人，有超過八成的人會選擇沉默和忍耐，並且有超過六成的人，會認為受到侵害是因為自己的錯。

《女人迷》的內容製作人張婉昀在專題裡寫得極好：「在權力關係極度不平等的時期，你以為的追求，很有可能是權力濫用，對方和顏悅色的應允，很可能只是害怕遭到權力者的報復。權力弱勢者在其中感到不舒服、憤怒與受辱，但多數礙於權力位階而不敢多言，形成沉默螺旋。」

我的生命經驗讓我有機會接觸世界各地無數精采出色的女性高階專業經理人，大部分的人選擇對性騷擾避而不談，不小心聊到也更希望別說那些。因為對許多女性而言，「被」性騷擾也是一種名譽或是能力上的抵損。這也是為什麼大部分女性都要不斷地強調職涯發展與性別無關。

但實際上，這個世界的現實就是，無論你多專業，性別是一個永遠無法被假裝空白的存在，因為那就我們與生俱來的，每一個人都直接擁有的絕對標籤。

與其假裝「性別」這件事情不存在，不如大方地承認，對，這就是確實的存在。

就承認吧。

我就是一個女人。而且我還要大聲地說，我是個努力上進又有野心和宏大遠景的女人。我認為光是承認這件事，就是在接受「像一個女人」也是一件很有力量的事。

我是一個女人，我是一個女性創業家，我是一個女性主持人，女性作家，當然拿掉女性，我也當然是人、創業家、主持人、作家。放上我的性別，我不覺得彆扭，不放我的性別也可以，但千萬不要忘記我確實是個女人。承認這件事，沒什麼不好的。

多了女性或男性或同志或跨性別或各種性傾向標籤，不代表就比較優秀或不優秀。性別只是一種人生狀態，但承認性別，能幫助我們有機會「多維度」（multi-perspective）的檢視與看待。譬如吧，我確實沒有辦法接受，看到各式活動的演講台上，只有某種單一性別的存在。對我來說那不只是性別的問題，而是那樣的講台，一點都不真實啊。真正的世界是有這麼多不同性別的存在，非常多元豐富的啊。但如果我們不承認性別的存在，我們會少了一個這樣的維度，檢視各種看得到或看不到的現象。

所以當我們在討論性侵或性騷擾，它的想像對象絕對是流動的。任何第一時間的申訴，也要謹慎看待。只要審判的過程是合理公平的，任何人在未被裁決之前，都該被視為無罪。

從小到大，我經歷過幾次難以啟齒的事情。所以我知道當一個人不想說的時候，別逼他或她說，每個人有自己選擇處理記憶的方式。

我有自己的傷痛。

VC（Venture Capital）在創業的世界裡，尤其對於還不穩定還在初創的團隊而言，就像神明一樣的存在，因為他們擁有經驗，他們掌握資源，而且他們會告訴你——**我認識所有人**。當你遇到一個資源完全不對等的狀態，但你又必須擁有這樣的資源的時候，通常，你會被暗示，你必須被他們予取予求。基本上，他們也相信，他們可以對你做任何事。**任，何，事**。

所以是的，我曾經在這樣的結構之下被性騷擾過，而且不只一次。然後當那些事情發生的時候，我是完全困惑且驚恐的。所以我也體會過什麼叫作身體完全僵硬，那是身體的防禦機制。

危險來了，先讓自己假死吧。那是身體的當下反應，不是大腦的，每個在那樣時刻的大腦，都是想飛奔而逃吧，但是身體真的動不了。不是不想，其實很想，但是身體怎麼樣都動不了。

僵硬如死屍。

所以當看見有些法官的判決說「因為推開得不夠大力」，故不能證明此為「強暴」，如果那些法官自己或自己的孩子經歷過，可能會為自己曾經做過的判決，後悔終生。一定會永遠永遠的悲痛欲絕與後悔於自己的無知。

創業第一年，我曾經遇過一個知名海歸ＶＣ，五十幾歲聰明倜儻，資歷豐厚人脈廣健。第一次會議就約在八十五樓高級餐廳，我看到會議地點，連忙說約在我們或你們的辦公室就好，他慷慨地說我們ＶＣ都很體恤創業者，剛好他跟某某知名公司的會議在旁邊，約在那裡午餐他才方便。不疑有他，我懷著緊張又期待的心情，穿著襯衫牛仔褲，剛踏進餐廳，就被引導進入私人小包廂，只有我和他。我壓下我的內向與焦慮，盡力又積極地開場介紹我們的創業初衷想法和商業規劃。

第一道前菜上了，他開始追問我的生活。幾點起床幾點回家幾點睡眠，邊詢問，邊穿插他過去投過多少公司，得到多少成功，他有多少了不起的富有。也許這都還是一種VC在證明自己多厲害，並且關心創業者有多用心投入在工作的過程，我這樣想著，我積極地說我幾乎都睡在公司裡，說明我們的團隊有多熱情。

突然他話鋒一轉，說：「你這麼年輕，應該要多約會。」我笑笑著說《女人迷》就是我的約會對象，我還引經據典自以為幽默地說就跟伊莉莎白女王一樣。他眼神突然深深深深地看入我，像是要剝光我衣服的那種眼神說：「這樣太可惜了。」整頓午餐，不管我明說或是暗示，最後總是會回到明示或暗示的一句——像你這樣的女孩，我很樂意照顧你。

我芒刺在背如坐針氈。飯後他問我直接回辦公室嗎？我說對，他說：「我下一個會議剛好在你辦公室附近，我開車送你回去。」說完不忘再追加某基金、某上司公司、某超級明星創業團隊都是他輔導的、某個全台灣創業團隊最仰慕最知名的天使投資人是他的閉門徒弟，我深吸一口氣，拒絕。

然後接連好幾個深夜，我都會收到他的簡訊，問我回家沒，一個人回家要小心，你們女孩子創業不容易，我剛好在你辦公室附近要不要我送個宵夜給你。這些訊息，我都是已讀不回。

然後，某一天他傳來：「你知道我是誰嗎？你會需要我的。」

我曾經想過也許這是種常態，也許只是一個過度關心的資深投資人，看好一個創業項目，所以特別關心，或許是我想太多了，是我太敏感了。我試圖求證，問其他創業的團隊，是否遇過這樣的事情。印象很深，其中一個人聽到這件事情立刻說：「幹，女生果然不一樣，還有高級餐廳可以吃，還有人要幫你送宵夜，我們都是直接約辦公室啊。」我說你劃錯重點了，重點不是高級餐廳和宵夜，我只想要專業的投資與被投資關係。他繼續憤怒地說：「這就是不公平啦，幹！」他一連幹了幾次，我心裡好像也就被劃了幾刀。我開始沉默，學會不要再說。我那時候覺得世界其實真的滿可恨的，原來這種感覺就叫作無路可去和孤立無援。

還有一次，約在對方辦公室。我一樣都是穿著超級中性的襯衫牛仔褲，一踏進辦公室，完全沒人，心中警鐘大響。踏進會議室，我刻意撿了一個靠近門口的位子坐。投資人快步走進會議室，說只有我們兩個人，不用大銀幕看你的電腦就好，他豪邁地拉了椅子靠近我。非，常，靠，近，近到我完全感覺得到他的呼吸，聞得到他身體的味道，我稍微把椅子往後推試圖拉開距離，我開始介紹自己的公司，打開電腦，一張投影片，一張投影片，到第三張投影片的時候，他突然把手放到我的大腿上，慢慢滑著。那個瞬間，一秒鐘就像是一年一樣，我先是腦筋一片空白，全身僵硬，然後我突然推開他，滑開我的椅子，我看著他，嚇到一句話都說不出來。他看向我近乎無辜，他說：「啊，我看得太投入了，不小心碰到你。I'm so sorry. Let's focus on your slides.」

我心跳憤怒到要跳出來，我羞愧到不知其所以，我非常害怕，說不出話來。

他又帶著笑意看著我，是的，那種好無辜好無辜的笑意，讓你幾乎會覺得是你自己的錯，真的是你自己想太多了，不過就是他太投入，不小心摸進了你的大腿，我幾乎要懷疑自己剛剛的經驗，他接著笑著說我沒遇過像你這麼聰明又有想法的女生。眼裡有一種獵人看向獵物，按下扳機前的那一刻，那種征服的喜悅，他說繼續吧。獵物簌簌發抖。他看向獵物，笑得得意非常。最後，我沒有完成那場pitch。我站起身，強迫自己說出謝謝抱歉我今天無法繼續，奪門而出，猛按電梯鈕，腳還在發抖，走出大廈，站在忠孝東路上，眼淚奪眶而出。是啊，我當時還說謝謝和抱歉。

扣下扳機前，獵物簌簌發抖。是我對那天唯一的形容。

幾個月後我試圖想把這個事情說出來，但就像遇到說出「幹，做女生就是好啦」的那個人，我收到的第一個回應是，只有被摸一下大腿，沒有被怎麼樣還好啦。有經驗的女性前輩這樣跟我說：「還好啦。」從此之後，我就不想再說了。擦乾眼淚，我只能讓自己更強壯，我只能希望《女人迷》還有機會繼續努力。

還有好多好多，太多太多。譬如好不容易遇到在會議上對我說你們真是太棒了，我希望我的女兒成為跟你一樣的人，我正覺得總算遇到知音人，想讓女兒成為像我這樣的人，真的是對我和我所創辦的企業最大的肯定啊。隔天我才發現原來這群從矽谷來的天使投資人，與一群男性創辦人們找了應召女孩卿卿我我的夜唱和出場。知道這事情，我再也無法與那些所謂的矽谷天使們聯絡。

坦白說我甚至不知道怎麼跟那些我知道在現場的男性創業者們相處。什麼叫作「男性的圈圈」，就是大家一起去做一些有點灰色地帶模糊的事，說一些灰色模糊讓人興奮又有點不能啟齒的事，從此之後你罩我我罩你。像我這樣的女生，總是有點掃興的。

認識很多非常優秀的女性創業家，印象很深有一個前輩，她對我說她的選擇是先成為像他們一樣的人，一起去酒店，一起去拼酒，一起笑著那些黃色笑話，一起聽那些一邊摸著女孩的手腳但又厭女的言論偶而還得湊上幾句，這樣才能得到一些在圈圈內和酒桌上才會知道的消息，才有機會真的被那些人接受你是他們那一國的。她完全是為我好的建議著：「你很聰明卻又不夠聰明，你得先混進去再說。不然哪有你的機會。」她這樣對我說，但我總覺得在她眼裡看到一片蒼涼。

這個真實的世界，確實有點討厭可恨的吧。

喔，還有，如果我說到這些事，所有人，真的所有人，第一個問題都會問我——你那天穿什麼。我可以理解那樣的問題沒有惡意，但是我認為這個問題的答案無論是什麼，都不能邏輯合理化任何事情的發生。

關於喝酒小圈圈還有一種回應是，這些事情跟性別無關，這是少數個案，那是酒店文化，這是喝酒壓迫，很多男性也不喜歡去喝酒，他們也會被排擠在外。我絕對不否認，很多東西都需要被改變。但這並不互斥啊。

性別就是種多維度的檢視，當我們再多一層鏡片，能不能看到裡面權力結構的問題？很多人遇到跟性別有關的事情，都想將之歸為「個案」。再換句話說，那就讓我們把所有個案累積在一起吧，如果有百分之二十的女性都曾經經歷過非自願性關係，這絕對在權力系統結構上有遇到些問題。

什麼是性別問題？記得英國爵士說的那句話──「權力可以使人腐化，絕對的權力使人絕對腐化。」當某種「性別」永遠又絕對的握有權力的時候，再好的人都會腐化的，這不是「任何性別」有什麼問題，而是人性本就有很多弱點。只是剛好在過去人類文明歷史中有某種「性別」握有絕對的權力，如果這個性別是女性，一樣會腐化的。要讓一個世界更好，就是要避免就是絕對的權力。就該是多元共融的。

這些事情的四年後，某種不知名的羞愧，我才第一次與另外兩個共同創辦人講起這些事，而且我還是邊講邊哭著，我甚至不知道為什麼眼淚要掉下來。我說我真的對不起，我沒辦法讓公司拿到這些知名創投的錢，我對於自己太有自尊心和驕傲道歉，但我真的沒辦法跟那些人往下談，我不恥自己和公司拿到那些人的錢。

但當我真的拿不到任何錢和資源的時候，我確實埋怨過自己。我怪自己大驚小怪，不過就是一個長輩表示善意，我何必把這件事情如此當真？我怪自己不知道如何處理，也許每個聰明有想法的女人都知道怎麼應對，一定是我不夠見過世面。我怪自己為什麼要堅持不拿那些矽谷投資人的錢？他是這麼肯定我們。他們只是在我面前說一套，背後自己玩一套而已啊。

沒有錢，談什麼理想？這是很現實但非常真實的一句話。

後來我透過青年貸款，賣掉抵押我有的，撐著熬著拚著一口氣都要讓公司撐下去。或許我是真的很有信念吧？我相信這世界有一天還是會善待好人吧，也可能是，我必須要有這樣的相信，才能這樣的堅持下去。

我必須相信世界有光，所以無論再糟，我都能撐下去。

這個世界勢利非常。很可恨，很多人很討厭，我真的親眼看過一個又一個心目中的英雄敗壞之後，才發現這世界可以低級黑暗扭曲成這個樣子。而且我也知道我還算是非常幸運的孩子，我根本沒經歷過那些最黑暗中的最黑暗。這世界還有太多慘無人寰的。

這世界真的很糟，我不會假裝它是美好的。

這個世界很可恨，但這個世界的殘酷不是我的錯。

如果我不喜歡這樣很糟的世界，我就先去成為那個我想要的改變。

我是個有信仰的人。我相信只要有愈來愈多人跟絕對的權力膽敢說不，只要有愈來愈多人連結在一起，看見失衡的權力結構，只要我們堅持下去，總有一天會改變的。

有時候胡思亂想，如果有一個世界，能透明分析「金錢」的背景和成分，不再是金本位或是某國匯率訂出價格，而能從「金錢持有者」的品格行為和善良程度來決定金錢的價值——那個世界應該會比較不糟一點！

在那樣的世界，善良的人就能是富翁吧（苦笑）。

有必要嗎？

「必要」是非常可敬的人生態度啊。

我是個「秀粉」，一個喜歡看各種選秀的人。

我總是能看得無比投入，與選手們同悲同喜。不是因為特別追隨愛好哪個選手，我只是喜歡選秀節目中呈現出來的那種「為了夢想努力努力再努力」和「永不放棄的精神和忍耐」，即使知道那是一種透過製作放大的情感，我也樂此不疲。

選秀節目，對我來說，就像是知道這世界上還有很多人「也在」為了自己的夢想非常努力，這讓我很有共鳴，也備受鼓勵。

前陣子，選秀節目上有兩個練習生吸引了我的特別注意。那兩個人，在成為明星的路上都非常辛苦挫折，雖然有實力，也一直很努力，但始終都在「成功」的門口，差了臨門一腳。一個訓練時長超過七年的練習生，從小到大經歷過轉換公司、隊友背叛和三不五時的網路暴力。一個前年來過，九人出道名額，他剛好是第十名，他背後沒有資金雄厚的經紀公司，他只有他自己。這兩個人的故事，是我看了會心疼的那種，每次看著節目，我都忍不住替他們想著：「有必要嗎？」

「有必要嗎？」

聽見我腦海中這個聲音的時候，感覺好熟悉，才發現這是好多人也都會問我的一句話。

「有必要嗎？」有必要這麼堅持嗎？有必要這麼努力嗎？有必要對人這麼好嗎？有必要認真的嗎？有必要這麼在意結果嗎？有必要這麼在意細節嗎？有必要這麼有原則嗎？有必要這樣或那樣嗎？

每次遇到這樣的疑問的時候，我都會想：「當然必要。」我還不成熟的時候，可能每次被問到這句話，我的感受會是不被理解、被質疑、被懷疑，但當我看著那兩個讓我幾乎忍不住心疼的練習生們，我突然理解到，原來曾經向我說過的那些「有必要嗎？」背後對我所有的心疼。

突然感受到別人的心疼，好像讓我覺得更必要了。

「有必要嗎？」我不知道，我真的沒有答案。但我知道有些人，像我這樣的人，真的覺得很多事情有其必要。因為有想要照顧的人，因為有承諾過的話，因為有想要創造的改變，因為有為我心疼、為我鼓勵、為我真誠開心的人，因為這些，所以真的很有必要。

練習生在節目上這樣說：「我會努力的，我會站上大舞台的，為了那些支持我的人一直努力的。」為了這些陪在我們身邊的人，為了給一直在身邊為我們鼓勵的人看到「希望」和「實現」的存在，讓更多人相信「努力和堅持」是有機會的，一切更有必要。

「必要」是非常可敬的人生態度啊。

我會這樣地愛著

就是這樣啊，孩子會有自己的茂盛和枝枒。

因為疫情，讓每個人待在家裡的時間變長了。

這種時候，總是會讓人必須很坦誠地面對自己跟家的關係，無論是物理空間上的家，還是抽象感情在同一個屋簷下的生物們。

因為一直待在家，倒是讓我鼓起勇氣實現小時候後的夢想。小時候總是夢想家裡會有很多綠綠的存在，但媽媽總是說會有蟲。看見自己的房子裡，開始有自己想要的植物，總有一種創造了自己的生活，在心裡鼓鼓的脹脹的幸福感。啊，這是我的生活啊！

現在家裡的客廳有一棵黃椰子，所以叫作小黃（真是不別緻的名字啊），有兩棵姊姊送的琴葉榕，一個叫作小琴，一個就叫作小榕，還有一個小綠（黃金葛），跟一個阿發（發財樹），陽台上有一個小海（海葡萄），一片小竹（南天竹），一棵小桃（櫻桃樹），兩棵雞蛋花（大雞跟小雞）。我的植物們好像因為有了名字，他們不再只是「盆栽」或「擺飾物件」，他們因為有了名字而跟我有更深的關係，他們成為我生活的一部分，是有生命的存在。

跟團隊夥伴聊起植物們，大家都有自己的養植之道。梅西說她會定時為她的植物們擦拭葉子，植物們會長得更好。歐歐則說她的植物特別喜歡正面肯定和稱讚，她每天都會對她的植物們精神喊話：「你長得可真好啊！」還有好友夫妻對我說，他們會給自己的香草們二十四小時放著古典愛樂電台，原本病懨懨的香草們，聽到古典樂的幾個小時後就能特別神采奕奕、蓬勃有勁。

聽著大家的故事，也想著要來給自己的植物們放音樂吧。偶而為他們即興哼幾首歌，譬如什麼「快快長大我真愛你」的瑋軒式植物搖籃曲，也學著梅西，為小琴小榕擦葉子，我還記得第一次要擦拭家裡小琴和小榕的葉子時，有一種難以自禁的害羞撲面而來，我才感受到原來「擦拭」是一種非常親密的動作呢。我會偷偷在心裡先問問他們：「我要來擦了喔，可以嗎？」

開始擦與拭之間，我似乎可以理解到作為一個母親在擦拭自己嬰孩寶寶那枚飽滿小屁股的感動。那是另外一個生命的肌膚啊，如果是自己的孩子，恐怕那種心情是更複雜細緻的吧，哎呀那是我孕育出的生命啊。我還沒有孩子（也沒有打算一定要有），但我光是從擦拭著葉子，我就可以感覺到，生命那種幾乎讓人顫抖的敬畏又甜蜜的感動。

看著自己家的花草樹木們，那種油然而生令人敬畏又甜蜜的感覺，那是生命啊。我可是要對他們負責的啊！「你長得太好了」正要來個鼓勵稱讚，我想到，那些我在生命裡見過的最有自信的人們，沒有一個不是童年就活在滿滿的愛裡。活在愛裡的植物，會長得很好。活在愛裡的孩子，也是。

「植物會在我們有需要的時候來到，如果我們帶著敬意運用它們，珍視它們的獨特，這些植物就會長得更好。只要我們保持尊重，它們就會一直待在我們身邊。」紐約州立大學環境與林業生物系副教授羅賓・沃爾・基默爾（Robin Wall Kimmerer）描寫著如何讓植物生長得茂盛的祕密。我在裡頭卻看見了人類的孩子不也是這樣？

我們自己就是這樣啊。所有生命的交會，所有生命的存在，都是數以萬計無限又無限的億億萬分分之一，都是無數的偶然與巧合。我們以為是巧合，但所有的生命可能都是在有需要的時候來到。而如果我們帶著敬意的，珍視每個孩子的獨特，保持尊重，孩子會長得更好的。

如果一個人恰巧有個孩子，或許就像好好地照顧植物那樣照顧孩子吧！

能為一個孩子做到的最好的事情是——在他需要的時候才餵養水分，充滿愛又豐盛地稱讚他，為他細細擦拭他身上灰塵（當然要徵求他的同意），為他唱他喜歡聽的歌，就是這樣啊，孩子會有自己的茂盛和枝枒。

我知道自己內心深處，永遠都只是一個孩子。作為一個孩子，這其實就是我的所有的內心渴望。有人能這樣愛我，讚美我，灌溉我，徵求我同意後才擦拭我，為我唱歌，最好可以常常跟我——「我很喜歡你喔。」「有你在真好。」「因為你，讓我生活變得好開心。」「你好重要啊！」

我想要這樣被愛著。

當然，我也會這樣地愛著。

嘿，樹，我可以抱你嗎

我們要一起好好地活下去呦。

我是一個很喜歡樹的人。

有一天我想著生命裡所相遇的人們，突然意識到，從小到大，無論只是巧合偶然還是命中注定，好像每一個我很喜歡的人，他的名字裡都會有一些樹或草的影子。有時候，我甚至光看名字，我就能知道，我有沒有可能喜歡上他。現在的先生，姓氏為宋。家，這個字的意思，就是在屋子裡養了一頭豬，而「宋」剛好就是一棵樹在屋簷下的意思。我們總是戲稱他養了一頭豬貓類生物，而我有一棵大樹。

真的很喜歡樹啊。光是人的名字裡有樹，就能讓我有幸福感。能讓我想像待在樹木旁，感覺到深邃的寧靜。我能靠著他，抱著他，站在他的旁邊一起進行著光合作用，讓他的氣息進入我的身體之中。

樹，總是給我一種又自由又安全的感受。茂盛的枝葉是樹的恣意自由，這世界上沒有任何一棵樹是長得一模一樣的；而結實的樹幹深根像是一種安全感的擴大，有一種穩定的力量，給人一種永恆的想像——不管發生什麼，樹，就在那裡。傳奇的藝術家與詩人威廉・布萊克（William Blake）曾經寫下：「一棵樹能讓一些人感動到熱淚盈眶。但在某些人的眼裡，樹不過就是個擋路的綠色東西。」我恰巧是會感動到熱淚盈眶的那種。

大安森林公園裡有一棵樹與我有點關係。

一棵大王椰子，我都暱稱他為大王。認識他的過程很簡單，某天午後，我在公園內曬著太陽散著步，坐在草地上，輕鬆自在懶洋洋的，剛好抬頭看見他，突然有個念頭，想著大王椰子是一種南洋的植物，其實並不適合台北的氣候。我開始在心裡替他難受。可能我替他難受得太深刻，難受一陣後我彷彿聽見大王對我說話：「我不覺得難受。我不覺得我不適合在這裡。」

可是你明明就應該要在南洋氣候啊，我自然地跟他回應著。

「我在這裡，所以你找到了我。」大王這樣說。

當他說出「你找到了我」那句話，不明所以地有一種「回家了」的感覺湧上我的心頭。感覺到土地對我的召喚，有一種力量告訴我，該摸摸土地，該親吻葉梢。有一種根的力量，從我的脊椎延伸而下，有些細胞在蠢蠢欲動，有些本能正在復活。我感覺到我的身體有一種滿足，我像是被完整了。

看著大王，走向他，有一種想要擁抱他的衝動。當我就要伸手的時候，突然覺得，應該先問過他。「大王，我可以抱你嗎？」我怯怯地問。

一陣風吹過，一時間覺得自己很傻。搖搖頭，正想轉身離開的時候。我又聽見大王的聲音，似乎帶了一種戲謔又酷酷的輕笑：「我還以為你不會問我。」

「抱吧。」

既然大王都這麼說了，我像是被鼓勵了一樣。先用背靠著，感受到大王的力量，再向後轉身擁抱著他。大王不壯，他很筆直，我輕輕地抱著他，這是我第一次在公園裡抱著一棵樹。

三秒之後，覺得自己在公園抱一棵樹實在很奇怪，就在我快要鬆手的時候，我又能感覺到一種身體的衝動，我想要停在那裡再久一點。為什麼我要對自己想要抱著一棵樹感到羞愧呢？人類的原始衝動，就是要在樹林草原間隙間奔跑跳躍採擷果實。人類與自然共處的時間，要比人類居住在城市的時間要長很多很多啊。

「如果用一個星期比喻人類的歷史，從星期一開始。這個現代社會，就是星期日午夜前三秒發生的。」生態學家朱爾斯・普利提（Jude Pretty）這樣說。但就是這短短的午夜前三秒，讓當代人類們集體陷入與自然脫節、情緒失控、集體憂鬱的不協調狀態，沒有樹，沒有草，沒有花，沒有太陽，沒有鳥，沒有蝴蝶，沒有蜜蜂，沒有壁虎，沒有河流的人類們，還擁有什麼？

「謝謝你讓我抱一下。」忘記在那裡旁若無人的抱了多久，最後我跟大王說。

這次大王沒有跟我說話也沒有跟我道別，我也沒有再說什麼。有些話太重，我捨不得說出口——「我們要一起好好地活下去呦。」

我的世界一定要有這條巷子

可愛的地方，不在遠的要命之處，
只要你相信，它就一直在這裡。

H君去過羊角村。

還記得那時候我第一次聽到羊角村的時候，就覺得這名字自帶畫面感，好像是在《魔戒》裡霍比特人居住的地方。

H君知道我是第一次聽說那個地方，他幾乎有點詫異地問：「你不知道羊角村嗎？」那個語氣幾乎像是在說：「你竟然不知道，隔壁傑克家種的豌豆已經長到天空裡了？」

後來我問了幾個也很愛旅行的朋友，發現不只是我沒聽說過啊。是不是在某個時空縫隙裡，羊角村原來是像巴黎鐵塔一樣的舉世聞名啊？總之H君似乎替我有點可惜，他說：「那裡很美，是一個有茅草屋頂的地方。」

莫名所以，我總覺得他的語氣帶有魔法感。可能真的有某種魔法吧，他一說完，我腦中的畫面裡立刻出現一座座茅草屋頂的聚落，有青翠的草地和蜿蜒的河，甚至還能感覺到那裡的空氣應該帶著一點樹葉揉合嫩葉青苔且混入一點濕意的氣味。後來我查了一些羊角村的畫面，哎，還真的有河呢，原來羊角村被譽為是荷蘭的威尼斯呢。

沒去過羊角村的我，卻感受到羊角村的魅力。忍不住想著，如果人類城市裡的街道名字，有貓尾巷、馬蹄街、蜂鳥翅膀噴泉之類的，或許我們的生活會更好玩一點。至少比什麼忠孝仁愛信義和平、偉大人名或偉大的群眾、或單純只是被數字標示的大路或巷弄們幽默多了，人們的生活可以更情意綿綿一點。

名字是很有力量的。

如果可以為自己居住的城市巷弄間命名，如果我們都能為自己的生活命名，這多有意思啊。如果我可以居住在一個自己創造的世界，那裡一定會有：

· 貓尾捲捲巷
· 達達馬蹄街
· 蜂鳥翅膀噴泉
· 天使在唱歌廣場
· 南瓜馬車大道
· 輕輕親吻鐘

· 深深深擁抱牆
· 獨角獸跳舞圓環
· 美洲豹小徑
· 魔毯高架橋

光這樣寫下來，我就好嚮往啊，住在那座城市裡的人，可能每天都會像在戀愛裡。光是約會的地點約在輕輕親吻鐘下，就能讓人怦然心動纏綿悱惻。如果不小心約在達達馬蹄街，就能暗示可惜你和我只是過客，而不是彼此歸人。有些話不用說透，為彼此保留一點情意和餘地，這該是多麼詩意又互愛的生活。

想著H君的羊角村，想著我的貓尾捲捲巷，這世界除了忠孝仁愛信義和平，第一和第五大道，其實還有《哈利波特》的斜角巷，那是魔法世界的入口，只有相信魔法的人，才看得見。我總覺得，魔法，其實就只是人類怎麼感知和想像。

這座可愛之城已經確實存在於我的生活裡了啊。

某些地方因為某些人而有了自己的暱稱。譬如說那個老地方，那間不在時空內的小茶店，或是那家平行宇宙的小酒館，或是某個轉角的寫故事玻璃窗內，或是現在正在下的那場浪漫雨景大道，其實可愛的地方，不在遠的要命之處，只要你相信，它就一直在這裡。

嘿，今天晚上跟你約在——貓尾捲捲巷裡那個輕輕親吻鐘底下喔。

作爲一個地球人

如果人類對海洋一無所知，就是對自己毫不了解吧。

總覺得作為一個地球人，我們對於海洋的認識應該要更多。

畢竟海水覆蓋了地球表面面積的七十一%。而地球有九十五%的水都儲存在海洋中。跟地球很像，人體內有七成也都是水分喔。

如果這個宇宙有其他星球，其他的物種和生命體，人類在向他們自我介紹時，應該要帶著一些海洋的知識和性格，才更像在地球這個星球上的最高文明生物吧。

如果人類對海洋一無所知，就是對自己毫不了解吧。

人類應該要更認識大海，這會讓我們更像個真正的地球人，我是這樣相信的。

永恆與即時

我更想要的是永遠。

大家都說朋友不用多，知己一二人生已無遺憾，但當人類集體活在「社群」的時代，看到每個人的「交友數」、「追蹤數」、「按讚數」、「分享數」、「回覆數」，鮮少有人能跳脫那些數字的比較？就算不跟別人比，光是自己跟自己比，都會容易讓人迷失在各項數字指標裡。

「誰是我真正的朋友？」有個認識的人曾經對我說：「本來我以為某某某是我的朋友，可是我發現他從來不會點選我的即時動態，我覺得他不是真的關心我。」

我聽到這句，開始反省自己有沒有認真觀看每一個我在意的人的「即時動態」。然後像是中毒似的，聽到這句話的頭三天，我也忍不住「檢查」誰看過我的「即時動態」，發現我很在意卻沒看的人，我也忍不住想問：「他怎麼不看我的即時動態？」

那可是我的「即時動態」啊。

你真的在意我，怎麼可以不看我的「即時動態」啊？

我學會這樣質疑我親愛的人。

這樣心情七上八下了三天，我想到《詩經．上邪》裡的一句話：「我欲與君相知，長命無絕衰。」這句話的意思是我渴望與你相知相惜，長存此心永不減退。這正是我對摯友的定義：我們是長長久久，永存此心不消退的。既是如此，我去在意他有沒有「即時的」在那「限時」二十四小時之內看到我的「即時」動態，有什麼意義？

永恆與即時，我更想要的是永遠。

即時很美，但那應該是自然的，你剛好看到，很好；你剛好沒看到，那也沒關係。你默默的看到了，不想說什麼很好，你看到，想留個言按個讚也很不錯。那只是我「即時又片段的」表達。真正的我，那個長長久久具有某種永恆性的我，不是哪些在網路的片段足以表達的。就像我知道，任何人都不會是我們在社群網路上看到的那些影片、照片、隻字片語就足以表達的。

誰能成為我的好友？我是誰的好友？就是誰能夠讓我產生「我欲與君相知，長命無絕衰」的衝動，而最幸福的，莫過於，我之於他也恰巧如此。

友情與愛情是一樣的。都是兩個陌生人，基於某種不可抗力之原因，相識相交，而且能彼此喜歡、信任、依賴、付託。只是愛情多了更多身體的欲望，又再多了一點捨我其誰的排他性。除此之外，友情與愛情都是一樣的，都是經過某種選擇的，都是來自某種靈魂振動與召喚的欲望。

只要是我認定的摯友，我便會寵溺他，尊重他，敬愛他，理解他，提點他。友誼就是某種永恆性的感情依託啊。我的摯友想到我，一定知道，無論何時何刻，我永遠都在。我也感謝我的生命有摯友，我知道無論何時何刻我有多糟，哪怕我當時都已經不愛我自己了，只要我伸手，他和她都在。

摯友不是即時的，而是在你需要的時候，及時的。

及時且永恆的。

神的側臉很美

我們從未真的只是一個人。

我是一個基督徒。

沒去過幾次教會卻受洗過的基督徒。

十六歲時因為要進行一個有死亡機率的心臟手術，媽媽找了很多教會的兄弟姊妹為我禱告，給我祝福，幫我受洗。那時候，媽媽的準備是，如果我真的手術失敗了，還能有機會在十六歲進入天國。

很多人受洗是為了重生。但我十六歲受洗，是為了更好的準備死亡。

被按在水裡的時候，我並不認識上帝，我很被動地接受，整個過程不是不荒謬的，我只能跟上帝說：「上帝，你好，我來了，如果有機會，我可以不要現在去天堂嗎？」一群人圍著我唱歌，給我祝福，我其實很彆扭，沒有一個是我認識的人。當然，即使彆扭，我內心也還是非常感謝的。這些人都不認識我，卻願意給我很多的祝福，也真的一直在幫我禱告。每個叔叔阿姨兄弟姊妹都叫我不用怕，上帝會愛我，我雖然非常感謝，卻也沒忍住心裡的聳肩和白眼，想著：不如你自己試試看？看看你面對死亡的時候，你會不會怕？如果真的有上帝，上帝也真的愛我，為什麼要這樣對我？

但人在死亡面前，能多一個禱告就是多一個。

手術之前，我也是很誠心地祈禱的。

手術之後，活下來了。

確實是困難的手術啊，你的女兒很勇敢，醫生這樣對我的媽媽說。

後來教會的叔叔阿姨兄弟姊妹又來了，又是一輪的禱告，一輪的奇蹟見證。我雖然很感謝，或許那些禱告有用吧。但其實心裡還是很無奈，因為在手術台上，我確實好幾次都能看見死亡在我面前，冷冷冰冰的。

因為某種手術危險性，我必須是半身麻醉的，所以我是活生生的，在很清楚意識的狀態下，不斷地被電擊、電擊、再電擊。我必須活生生的去經歷著非常靠近並且可能死亡的過程。我從完全清醒到意識恍惚，我要撐著，電擊伏特再加大，我必須要醒著，電擊伏特再往上調，我一秒一秒的感覺到自己的生命在消失與存在中拉扯，但是我沒有看見什麼上帝。我只有看見我一個人在手術台上，光溜溜，冷冷清清的，淒淒慘慘地躺在那裡。

只，有，我，一，個，人。

然後你跟我說，一切都是因為有神？——呵呵。我只能笑而不答。

但總之受洗過，總覺得已經做過一個承諾，也領受過別人給我的禱告，別人問我是不是基督徒，我無法說我不是，只能用這樣的身分尷尬活著一陣又一陣。幾次去教會，經驗也不好，所以我讓自己陷入一個窘境，一個格格不入的基督徒。你說我信？信吧。你說我不信？好像也不信。有神嗎？有吧。或著沒神？可能沒有，但我還是希望是有的吧。

關於神與信仰，我就一直處在這樣若有似無、或多或少、也許可能、雖然不太信，但確實還是那種認為如果祂在，這世界還是會比較好的狀態。

直到二〇一七年，我真的感覺到，祂，在。

好像就在最絕望最絕望的谷底中的谷底，祂終於忍不住讓我感覺到祂在，這宇宙還沒有遺棄我。奇異恩典（Amazing Grace），大概也是要真的自己親身體驗過，才能理解那四個字是多麼精煉。

確實感覺到的就是奇異恩典。第一次「被充滿」的感覺，第一次感覺到「被原諒」，第一次感覺到自己的存在，是完完全全地「被接受」著，我感受到神的時候，真的感覺到「被愛」。

我激動地跟先生分享，但先生從來就不信地說：「你就是一個很會幻想的人。」我想沒有親身體驗的，確實會覺得那只可能是幻想。我沒有再解釋什麼，但自此之後，對我來說，因為自己經驗到，我總算可以衷心的承認，我是一個基督徒，而且心裡沒有任何一絲猶豫或遲疑。我真的相信神存在，不只相信，我知道祂的存在。

有時候，上帝會跟我說些話。每次聊完，我會趕快拿筆寫下來那些對話：

我：我不知道要怎麼說。

神：用你的心說話。

我：我的腦袋沒有辦法停止。

神：為什麼要叫你腦袋停止？如果你的腦袋裡有想法，讓它流動，讓它自然跟你說話。

我：可是我沒辦法停止。

神：你不需要叫他停止。用心說話。心（祂用手指著我的心臟），在這裡。就像我現在在這裡跟你說話。

我：我怎麼知道，你不是我腦海裡的思緒？

神：你現在又在用腦了。（上帝在我面前發出格格笑聲。）

神試圖跟我說明：你不會知道。但你就是讓它發生就好了。

我們偶而還有一些討論，關於愛：

我：主耶穌，你覺得我到底要不要去教會呢？去教會可以讓我更接近你嗎？

神：（笑）你說呢？

我：（內心感覺到此時此刻）我覺得當然會啊。

我追著問：可是，親愛的主耶穌（對，我常常說稱呼上帝是我的親愛的），很多教會，反對同性戀，但是我真的不接受這種說法。

神：我愛的是眾人。

我：所以你也會愛同性戀的人嗎？

神：我愛的是眾人。

我：什麼是愛？

神：我的愛是自由的。我給人類最大的愛就是自由，無論人的選擇是什麼，我都會

愛他。

我：是嗎？（心裡想著，所以神不會不愛同性戀的人。）

神：譬如亞當跟夏娃，在伊甸園裡，我給他們最大的自由，即使他們吃下禁果，犯了錯，我依然愛他們。

我：但他們犯了錯……

神：而我會陪著他們。

然後我有一次很想要上帝稱讚我的時候，祂拒絕了我：

我：如果祢愛的是眾人，那我也跟眾人一樣對嗎？都是一樣的。（我感覺當時自己的內心有一點不平衡在作祟。）

神：愛都是一樣的，但你是我所揀選之人。

我：揀選之人是什麼意思？

神：你要說我的話，行我的事。

我：所以你並不會特別愛我。（我有點惱怒。）

神：我愛所有的人。

我：那我有什麼特別？（我繼續追問。）

神：你是我所揀選之人。

我：那是什麼意思？

神：要去做更多的事。

那次聽完上帝說的話，我幾乎有點惱怒地質問祂，為什麼要讓我這麼辛苦？為什麼啊！憑什麼啊？為什麼要我去做更多的事？為什麼我不能做個備受家人寵愛、只躺在那裡休息，在海邊唱歌、或是在草地上跳舞的人就好？後來，我才發現，我不是不能，而是我內心深處不只想如此。我確實感覺到自己內心那種無法自抑地想做（或是被選中要去做？）更多的事。不為什麼，就為了自己（或上帝？）想看到的那個世界吧。

我想看到的世界，我想大概就是上帝指引我想看到的那個——所有人都能無所畏懼地成為真正的自己，多元共融且有愛的世界。一個可愛的、好玩的、溫暖的、善良的、有光的、讓人可以微笑的世界。

也在那次對話，讓我更加相信上帝的存在。畢竟那明明是「我的」意識，明明我應該可以控制我的意識，讓「自己意識中的那個上帝」只偏愛我一個。但那個聲音卻還是非常誠實地告訴我，上帝真的是平等的愛著所有人。

「我愛的是眾人。」上帝的聲音這樣傳來。

「就不能多愛我一點嗎？」我這樣問著。然後上帝拒絕了我「我愛的是眾人。愛都是一樣的。」

聽到祂的聲音，我才真的相信，真的是任何人。無論富貴貧窮美醜殘疾才智傷缺性別傾向，上帝真的一視同仁地愛著，每個人都是祂的寶貝，是祂用祂的形狀把我們捏成的，祂不會偏愛摩西，也不會只愛諾亞，在祂的眼裡，眾生平等，都值得被愛。我很珍貴，我很重要，但是我跟大家都一樣。

後來才想起，原來十六歲那年進手術房前，其實好朋友N送了我一個禮物，上面有一段話：「**When you see only one set of footprints, it was then that I carried you.**」

上帝，你根本不在吧？哼哼。

然後祂送上一個禮物，寫著：「你只看見一排腳印，是因為我背著你啊。」

現在想想才發現挺奇異的。當時的上帝確實有在想辦法回應我對祂的懷疑吧。

所有的歲月靜好或艱難困頓，無論有沒有信仰，其實我們從未真的完完全全的孤單，總是有人（或神或佛）為我們負重前行的。但是人們總是會在某些時刻，以為自己孑然一身，以為自己絕對的孤單，一個人生，一個人死。但事實是，我們，從未，真的，只是一個人。

人們可以孤獨，孤獨是好的是美的是必要的，但是我們從未孤單，我們降生就繫著臍帶，那就是一條線連著自己和另一個人。我們永遠不是單數，不是突如其來，我們其來必有自。

曾經讀過香港詩人雄仔叔叔一首很美的詩，他常透過詩作記錄表達他與上帝之間的互動或對話。他也是一個很喜歡跟上帝聊聊天的人。援引他的創作，作為我對上帝的注解吧。

耶穌坐在窗旁

有人在桌上放下一杯水

祂看了一眼
祂沒喝那杯水
也沒把它變成酒
祂繼續沉思
我看著而且深深感到
耶穌的側臉很美。

——阮志雄〈你還有沒有詩〉

我很喜歡這首詩，因為這跟我認識的上帝很像。祂很平易近人，親切到像是坐在窗邊一樣，祂沒有要時刻展現神蹟把水變成酒，祂只是坐在那裡陪著眾人。而我剛好看到祂坐在哪裡。

覺得祂的側臉很美，所以我想靠近。

信仰就只是這樣而已。

嘿，親愛的，我想你了

在另外的世界，你過得好嗎？

我有一個比我還小幾歲，非常好的朋友。因為乳癌過世了。抗癌路上，她一直很努力很堅強，沒有任何人想到她會走得這麼早。

我常常想起日本作家川本三郎寫給他早逝的太太，他描述活著的人的懊悔：「內人得了癌症後，我最難受的是，健康的自己仍不得不過著平常的時間，這樣的事實。」他還引述了畫家西田洋子的話：「母親到現在還會責備自己，說父親在家裡倒下時，為什麼不早一點叫救護車。我不知道該如何安慰這樣的母親。」川本三郎寫著：「真的大家都這樣。」

大家都這樣嗎？

我到現在想念起你還是會哭到爆炸，哭到心臟好痛，還是會有點氣你、氣那些醫生、氣你的先生，甚至氣你的孩子。我氣你身邊所有的人，為什麼沒有一個人可以讓你活下來？當然我最氣我自己。我永遠可以再多做點什麼，可是我現在什麼都來不及。大家會像我這麼難過，難過到有點氣憤嗎？你是這麼的善良，這麼用心盡力地對所有身邊的人好，你甚至長期茹素，讀著佛經的，你還有三個幼小的孩子。為什麼是你？憑什麼是你？

這世界是沒有什麼道理的。善良的人不一定會活得比較久。這是我在你走後被迫承認的事情。還是就是因為你太好了，所以無論是我的上帝還是你的佛祖，大家都太想要有你在身邊。

我總是在想念你的時候，把我們的對話串拿出來再看一次。每看一次，痛哭一次，我很氣自己為什麼總是會因為其他的事情，沒有去美國找你。然後疫情爆發，真的想要成行的時候卻無法前行。

「最愛你。」「我也好希望我在，我在場應該會感動落淚！終於看到你找到幸福。」「張瑋軒，這你做得到。」「乖，快去睡。」「看著你好幸福替你開心。」「你這個大忙人。」「你說要來美國找我都沒來。」「不知道什麼時候我們三個才能像六年前一樣住在一起一直聊天。」「如果這次我抗癌成功，我真的應該要來寫一本書。」「我在想我為什麼會得這麼困難的病，是不是希望我康復之後要多做一點什麼？」我常常讀著最後一則我們的對話紀錄，是我說：「幸好我的生命有你。」是你說：「我好為你的幸福開心。」我看著那些對話紀錄，耳邊都聽得見你的聲音。

我們最後視訊的聊天主題，是你還笑著跟我說：「我這次化療成功後，一定要好好做點什麼。」你還跟我說了好多，等你小孩長大後，你想要做的事情。

親愛的，我想念你了。而我甚至會討厭我這樣想念你。因為我知道我更應該做的事，是在你還在的時候，用更多的時間與你相處，用更多的機會跟你說話，用當時更多的行動讓你知道你對我的重要。不是坐在這裡寫這樣的話給你，然後哭到爆炸，而且我明明知道我再怎麼哭，你都已經不在了。我有時候愈想你愈氣憤這樣的自己。

我的悲傷無處安放。你走後的每一天，今天剛好是第三百七十二天，我只要想起你，我都會感覺到心裡那個巨大的心痛和窟窿。大家真的都是這樣嗎？如果大家都是這樣，誰能幫幫我？

在另外的世界，你過得好嗎？你是這麼美好善良的一個人，一定已經有新的朋友和過去的家人在另外的世界陪著你對吧？「你很誇張欸！」你一定會這樣說我的：「我都走這麼久了！」我幾乎都可以看到你那慧黠帶著點不以為然但又藏著一點開心的眼神。很愛我的那種眼神。

我真的很想念你。可是我希望你不要想念我，不要想念我們任何一個人，你快快地向前走。無論你是走向我的天堂或是你的極樂世界，或是你正在前往輪迴的路上，你都快快往前走。不要因為我們而有任何停留。

不知道再過多久會換我該要過去你那邊，在那天之前，我會延續你的精神，把我認識的姚馨茜一起活出來。

我知道如果你抗癌成功，有些話想跟這個世界上的人說。你想跟大家說幸福是什麼——「人生不必汲汲營營追求什麼，只要能呼吸、能吃飯、能自由活動就很幸福了。」你深刻的知道健康的珍貴性——「有個健康的孩子並非理所當然，而是何其幸運的一件事。」「眼前追求的所有東西，在失去健康時，一切都變得毫無意義。」你知道人的內心力量很強大——「生病以來的這個月，雖然身體弱弱的，但內心卻遠比想像中強大。」[12]

「少來！」在書稿完成後要印刷前，你一定會很爽朗地大聲的笑罵我：「那是你的書，不要寫我，你自己多寫一點你的故事啦。誰想看我的故事？」而我會對你說：「會有人想看的。因為你就是這麼棒！不用等到你孩子長大。你現在就很棒。大家一定超愛你，超需要你的！」然後你會假裝不在意，但其實很開心，眼睛笑到彎彎的。

「嘿嘿，你最棒了。」我會很認真地看著你，笑得樂樂呵呵嘻嘻地說。

12｜Irene’s Notes 艾琳筆記：https://www.facebook.com/irenesnotes

論幸福

幸福是無論你在哪裡，我都會一直在這裡。

這本書，是在全球疫情最爆發艱困的時候寫下的書。那時候每個人都只能在家裡，為了活著，全球各地政府都限制了人身行動自由。親人朋友們不能接觸見面，取消所有實體聚會，餐廳關閉著，很多小店和公司倒閉了。那時候，我想著，來寫點幸福的事情吧。如果有一本書，可以稍微帶給人一點點幸福感，該有多好。

這本書，是為了幸福存在的書。

想讓看著這本書的人，能在心裡留下一點甜甜暖暖的滋味。

如果做得到，就太好了啊，這會是我的幸福。

而幸福是——

幸福是記憶。

幸福是有喜歡的人可以一起吃晚餐。

幸福是廚房的灶子是熱的。

幸福是清晨咖啡豆子慢磨的氣味。

幸福是早上有片烤得金黃和剛剛融化的奶油。

幸福是自己有能力泡出一杯好喝的茶。

幸福是有人記得你喜歡吃什麼，你的專屬口味。
幸福是在地球五．一億平方公里的土地上有自己很喜歡的地方。
幸福是在地球七十億的人口裡，你有很好的朋友。
幸福是有人把最好的那一口給你。
幸福是有人把最後的那一口給你。
幸福是有人能讓你把最好吃的都想要給他。
幸福是有爸爸牽著的手。
幸福是有媽媽摸著自己的頭。
幸福是能出走。幸福是回到家。
幸福是有人能跟你一起一年四季，一天三餐，一杯共飲。

幸福是有喜歡的人陪著在雨中散步。
幸福是晚上睡不著的時候有人願意陪你數羊。
幸福是清晨能被貓吻醒。

幸福是自我想像的曖昧。
幸福是你說答應我一件事。
幸福是你真的看見我。
幸福是親吻。
幸福是擁抱。
幸福是欲望。
幸福是承認。
幸福是潮濕的。
幸福是從身體深深處裡面能感覺到的欲望。
幸福是你和我有彼此才知道的密語和暗號。
幸福是想見你，而你就在這裡。
幸福是你，你和我在一起。
幸福是我們可以一起大便。
幸福是彼此都想要靠近。

幸福是我們可以一起飛。
幸福是你和我都願意。
幸福是今天。幸福是現在。
幸福是我想逗你笑，你能逗我笑。

幸福是看見。
幸福是聞到。
幸福是嘗過。
幸福是聲音。
幸福是行走。
幸福是肌肉會發抖。
幸福是感受到自己的身體。
幸福是觸碰是撫摸是廝磨。
幸福是人類的所有感官。

幸福是從橫膈膜開始隨著氣息進入的。

幸福是散步在知道或不知道的路上。

幸福是看得見那些隱而未現的。

幸福是能說出那些無以名狀的。

幸福是聽得見那些沒有聲音的。

幸福是能用自己的聲音真誠地表達。

幸福是就算無以名狀我們仍如此盡力地在彼此表達。

幸福是善待自己。

幸福是擦肩而過和久別重逢。

幸福是一種不合理的衝動。

幸福是優雅的。就算凌亂，也還是優雅的。

幸福是作為一隻貓，或任何一種你心愛也像你的動物。

幸福是原始的，有獸性的。

幸福是痛苦的，有人性的。

幸福是偉大的，有神性的。
幸福是不朽的。
幸福是我，完全意義上的我。

幸福是甜甜鬆鬆地活著。
幸福是一種融化與滲透。
幸福是每一秒鐘都在此處有意識地活著。
幸福是現在在這裡，也還有想要前行的地方。
幸福是作為一個女性主義者的目標和義務。
幸福是作為一個人最重要的目標，沒有什麼比這個更重要。
幸福是快樂的。
幸福是一種責任，一種本能，一種肌肉，一種選擇，一種信仰。
幸福是有能力說謝謝，跟別人，也跟自己說。

幸福是能做自己有熱望的事情。
幸福是在生命中找到自己的絕對必要。
幸福是不計代價地先去愛。
幸福是有一棵樹可以抱。
幸福是曬太陽看雲朵飄。
幸福是為自己喜歡的一切命名。
幸福是相信這世界存在著魔法、召喚與精靈。

幸福是相信有神。

幸福是好好地活著。
幸福是好好地死去。
幸福是有人可以讓自己永遠的想念。
幸福是活著的時候，就記得我們有一天終究一死。

幸福是死亡的時候，在這世界上還能被人記得。

幸福是無論你在哪裡，我都會一直在這裡。

而神也在。

後記

這是一本有關於幸福的書。

我是這樣相信的：無論經歷了什麼，就算是絕望或是黑暗，別放棄對生活的熱愛和執著，要下定決心地追求幸福，就算不能改變這個世界，但我們至少可以改變自己的生活——自由自在地活著。

生命厚待，讓我在這個世界上，能留下第三本書。有三生萬物，這本書確實包含關於我生活中萬物和隨想偶悟，也藏了很多讓我相愛暗戀的人們。作為一個女性主義者，我的大腦、心臟和雙手很強壯有力，但日子還是要鬆軟甜蜜的。

引述三毛的話：「在我有生之日，做一個真誠的人，不放棄對生活的熱愛和執著，在有限的時空裡，過無限廣大的日子。」可以這樣的活著，就是身而為人的一種幸運啊。經歷過疫情，當所有人的生活都成為「有限的時空」。這個時候，特別需要讓日子廣大浩瀚起來，建立起自己的宇宙。

我也很喜歡悔之老師的一首詩：「我向你合掌／有一世我哀傷的時候／你給過我／溫暖而慈悲的眼神」這個世界很糟，生活也總有離別和哀傷，但我們能為自己合掌，給自己一點慈悲和溫暖，原諒自己，善待自己。也別忘記那些曾經真心對我們好，給過我們原諒和善待的人。

願這本書能送給我親愛的讀者，對，不管你怎麼想，如果你是我的讀者，那就會是我的親愛的。我會為你祝福和祈禱。翻開此書，就能即刻擁有讓自己幸福又快樂的能力。

人生苦短，去日無多，每一天都有可以困難受苦的理由，但是我們永遠有能力選擇用自己想要的方式活著，用可愛好玩又優雅的方式度過。希望你讀完之後能感覺自己的心口是暖暖的，像被太陽曬過一樣。這本書是我，我正把自己的心敞開來送給你，歡迎你進入我，而我也能夠進入你。我想用這本書，跟你水乳交融。

《小婦人》的作者露意莎．梅．奧爾柯特寫過一句話：「人生有太多苦痛，故我書寫歡愉。」這本書就是我歷劫歸來後的各種鬆軟歡愉，是我送給自己，也想送給你的禮物。無論你對此生的決定為何，別忘了真誠的對待自己，倍重自愛的善待自己。願你和我做為一介凡人，每天的日子都能平安健康甜鬆幸福且快樂。

我的世界一定要有貓尾捲捲巷。

而你的世界，必須要有什麼呢？——不管有什麼，希望那是你喜歡的。

致謝

這裡全部只有謝謝。

感謝我的爸爸和媽媽，沒有你們，就不會有我。希望我是能逗你們開心的。

感謝我生命中的所有好友們，不列舉所有名字，但是在這本書中出現的人們，都是對我很重要的人。這本書很我，謝謝我的朋友們，總是能讓我是我。特別謝謝D&D，我的生活能如此幸福，是因為有你們把我視為你們的親妹妹，我能是一個快樂小寶貝。

感謝所有我看過的電影、讀過的書、愛過的人、走過的路、受過的傷、做過的夢，雖然確實陳腔，但我每次想到都還是很感動，畢竟這確實就是人生的經過啊。沒有那些經過，不會有現在的我。

謝謝為我寫推薦序的范俊奇老師和餅乾友土匪，「被懂了」是這世界上最幸福的感受之一，謝謝你們讓我感到如此的幸福。

也要特別謝謝現在和未來所有願意推薦好書給更多人的人們，這個時代確實愈來愈少人看書，每本書都需要更多推薦的力量。

謝謝我前兩本書的出版社，還有上一本書的編輯柚均，我有時候翻起第二本書，都還能無愧於心。沒有你們曾經的鼓勵和給我的機會，我大概不會有要寫第三本書的衝動和信心。

謝謝有鹿文化以及這本書的編輯于婷，光是有鹿這個名字，就讓我怦然不已。謝謝封面設計師佳穎和內文插畫師佩玲，讓這本書變得更迷幻有趣。我敬愛用心專注投入在自己正在做的每件事的人，這本書遇到的人都讓我感受到對書本的敬畏與熱愛。

這本書的完成也要感謝我生命中遇過和抱過的樹。感謝我每一寸的身體，我所有的欲望，我的ESUM，我偷偷喜歡著的總和。所有相遇都很難得。

也要感謝《女人迷》和其所有曾經相遇過尤其現在正在的所有團隊夥伴們，每一個相遇的夥伴，我都是真心真意愛過愛著的。《女人迷》帶著我見了很多世面，讓我看見並經驗到生活與世界的真相。一目瞭然那些人性的最惡，當然很幸運的，我也在過程中經歷到那些最善和最高貴的。我創辦了《女人迷》，但也是《女人迷》形塑了我。偶而想想，或許其實是《女人迷》創立了我。

感謝先生，讓我這個從不相信婚姻的人，願意嘗試這種人類發明的莫名形式。讓我這種總是渴望彼方的人在此處停了下來。而且好幾年了，你這個人竟然還能讓我覺得日子愈過愈甜。是先生讓我學會貪生的，讓我開始貪戀生活之美。無論這段婚姻生活能夠持續多久，此時此刻，我很感謝你那麼的愛我，而我也能不斷地重新愛上你。

感謝**姚馨茜**。千言萬語，終究是一句：我想你了。你陪我走過好多撕心肺裂，我卻不能陪你走。我真的很想念你。總是想到心會痛，但是我正在努力地練習，想你的時候不要只是哭和氣自己，也要記得笑。而你知道的，你走後，在所有層面上，改變了我的一切和我的餘生。我希望所有讀過這本書的人都會記得你的名字，就像你想要的一樣，你不只是三個小孩的媽媽，你是姚馨茜。

我是如此古怪的人，但是衷心感謝我的生命裡有很多愛我的人，讓我的古怪都成為了稀奇的可愛。感謝所有愛我的，我愛的，讓我的存在能有意義。我會把所有接受過的愛，跟隨上帝和宇宙的指引，把這些愛轉換成一種巨大的能量，為更多人創造幸福和快樂。就像《女人迷》一路走來和這本書企圖嘗試的。

謝謝陪伴著這本書的上帝與各式各樣的人事時地物和音樂們。這本書寫得很快，發生得很快，書寫的每一刻，我都能感覺到自己滿滿溢出的幸福和興奮，我相信是宇宙有話，我只是剛好坐在那裡說出來。

即使上帝從不偏心，但我承諾過祂，我會致力讓更多人能意識到自己的使命——發現自己的本質，讓自己成為自己，知道自己從何而來，以及該往哪去。而且要讓每個人知道自己是寶貝，每個人都重要，都很可愛，都正被愛。

最後，謝謝你讀到這裡。

心裡有千言萬語，也都不過一句——謝謝你，我愛你。我也聽到你想跟我說的，我直接在這裡給個回應吧：「謝謝你的謝謝。讓我們一起繼續走下去。」

我的世界一定要有貓尾捲捲巷

看世界的方法 206

作者　張瑋軒

裝幀設計　謝佳穎
版型設計　吳佳璘
內封、內頁插畫　歐佩玲
內封排版　華漢電腦排版有限公司
責任編輯　魏于婷

董事長　林明燕
副董事長　林良珀
藝術總監　黃寶萍
執行顧問　謝恩仁

社長　許悔之
總編輯　林煜幃
主編　施彥如
美術編輯　吳佳璘
企劃編輯　魏于婷
行政助理　陳芃妤

策略顧問　黃惠美・郭旭原・郭思敏・郭孟君
顧問　施昇輝・林子敬・謝恩仁・林志隆
法律顧問　國際通商法律事務所／邵瓊慧律師

出版　有鹿文化事業有限公司
地址　台北市大安區信義路三段106號10樓之4
電話　02-2700-8388
傳眞　02-2700-8178
網址　http://www.uniqueroute.com
電子信箱　service@uniqueroute.com

製版印刷　鴻霖印刷傳媒股份有限公司

總經銷　紅螞蟻圖書有限公司
地址　台北市內湖區舊宗路二段121巷19號
電話　02-2795-3656
傳眞　02-2795-4100
網址　http://www.e-redant.com

ISBN：978-626-95316-7-7
初版一刷：2022年1月

定價：400元

國家圖書館出版品預行編目（CIP）資料

我的世界一定要有貓尾捲捲巷
張瑋軒著. ── 初版. ── 臺北市：有鹿文化，2022.01
面；公分. ─（看世界的方法；206）
ISBN 978-626-95316-7-7（平裝）

863.55　　110021218